緝毒犬與檢疫貓

沙承橦・克狼——著

推薦序　魔法包裝，深刻的日常經驗

文／洪敘銘

閱讀沙承橦．克狼的作品，很難不被他略帶奇幻色彩，卻也詼諧有趣的魔法世界吸引。本書《緝毒犬與檢疫貓》延續作者前一本著作《三億元事件》的獸人推理系列，不僅是作者對於獸人文化的喜愛外，也為台灣推理小說的創作，開創了一條頗為新鮮的路線與類型。

《緝毒犬與檢疫貓》亦收錄四個短篇，除了故事的推演上，仍充分顯現沙承橦．克狼一貫獨特的敘事風格與口吻，敘事情節中出現熊獸人、龍獸人、貓獸人等……不同的獸人型態，除了生物性和習性都有不同的刻畫外，將其擬人化後的擬人思維與想像，加上魔法世界的設定，讓幾個主要描摹的角色更加立體，也產生了許多有趣的思考點，例如主要擔綱偵探的角色迪亞克並不會魔法，也因此展現出如讀者一般新奇特別的體驗，或如盛行魔法的震都並不相信詛咒，也無法將其治罪的矛盾等，都讓看似架空的文本世界，卻能如實的展現於讀者視野裡，尤其是〈緝毒犬與檢疫貓〉一篇中快速卻也驚奇的翻轉，更把這樣的優勢發揮得淋漓盡致。

不過，若要更深入地嘗試歸納本書各篇的主軸與特色，與其反映的作品深度，就必須從作品中顯現的「推理」、「魔法」、「日常」三者之間的互涉與對應談起。

在〈迪亞克的魔法自由行〉開篇的作者小記中，便開宗明義地指出了「魔法」之於「推理」這個文類的禁忌或說扞格，這也表現出作者有意識地在創作這些故事時，特意透過魔法的設定及世界觀，挑戰推理小說中被認為是絕對理性的規範，直指詭計構成至解構的核心價值，而在蒐集、整理成書的過程中，更後設地將其視為一種類型突破的嘗試。

這樣的認知和觀點，在21世紀以降的台灣推理文壇中，並非獨創，舉隅既晴《魔法妄想症》、舟動《慧能的柴刀》、哲儀《人偶輓歌》等作，都可以看見不同的作家們持續透過書寫，探討甚或觸碰所謂「超自然」與「理性」間的界線；換言之，這樣的界線雖未必是穩固不變的，但值得讀者注意的，是「如何」讓「魔法」和「推理」之間產生充分的合理性？——特別是用以回應、致敬「本格」的典範？

事實上，魔法或超自然現象，總是被排斥於正統的推理敘事之外的原因，並不完全是它們難以經過科學驗證與檢驗，而是其隱含的風險，在於過乎訴諸私我化的經驗或想像，容易陷於「各說各話」甚至「自說自話」的危險中；為了避免這樣的失序，「日常」的元素就時常成為過渡、模糊、曖昧化——正因如此，我們常常能在這個類型的推理創作中，看到大量的「民俗」、「都市奇譚」、「鄉野怪談」——兩者之間的橋樑。

台灣的科幻推理，也經常可以看見這種從未來回歸的驅力，可能全書泰半探索的都是未知科技或未來感，但最終謎團的核心或解謎的關鍵，還是回到與現時世界的連結，這或許也成為作者「大眾讀者能夠接受武俠推理、人造病毒、未來科技，甚至是超越常人的技術，為什麼超自然不能」的疑惑。

由這個觀點來看，《緝毒犬與檢疫貓》一書可以說是成功地找到與「日常」元素連結的關竅，即把「人的問題」，交給「獸人」和「魔法」煩惱、解決。〈迪亞克的魔法自由行〉中的謎團，來自於相近卻又有著關鍵差異的體驗，其背後的真正原因，事實上與〈冰與火的回應〉中神祇煩惱、憂慮與困惑的主因一脈相承；又或〈奪影之魂〉透過魔法詛咒辯論死刑存廢及其權力問題，亦勾連〈緝毒犬與檢疫貓〉傳達出對動物權、動物正義的思考。換言之，本書所收錄的四個短篇，恰好成為兩組極富省思的現實對映，一是「人性」，二是「道德性」。

這些超脫不可能犯罪的詭計之外的弦外之音，恰好填補了「不合理」的真實性匱缺的批評，尤其主要偵探迪亞克更是一個不會魔法的獸人，他在事件中的理解乃至於破解，並未倚賴魔法的幫助，而是傳統的、本格式的探索，在某種意義上，也讓現實世界中更易陷入各執己見的諸多難題，到了獸人世界中，似乎有了一絲消解的曙光。

這樣的設定，讓各篇中的「和解」敘事，更加顯示出珍貴與重要性，無論是情節中誤會冰釋、回歸良善抑或復仇正義，都能看見這種內在驅力：「關注現世」，儘管在魔法世界中，施法／施咒幾乎無所不能，但這些力量終究必須回歸以迪亞克（作者）為主體的時間觀裡，藉以折射出深刻的日常經驗，並且找出與之對應的道路。

《緝毒犬與檢疫貓》看似是作者歷來投稿、得獎作品的集結，但在本書中藉由魔法／超自然與推理之間的辯證、融合或抗衡，在資訊快速發展及疫情時代下的當代大眾文學，「本土」探索逐漸朝向日常經驗的歷程中，反而形塑出頗具特色、且值得持續關注、令人期待的一種書寫樣態。

作者簡介

文創聚落策展人、文學研究者與編輯。主理「托海爾：地方與經驗研究室」，著有台灣推理研究專書《從「在地」到「台灣」：論「本格復興」前台灣推理小說的地方想像與建構》、〈理論與實務的連結：地方研究論述之外的「後場」〉等作，研究興趣以台灣犯罪文學發展史、小說的在地性詮釋為主。

目次

迪亞克
的魔法
自由行

這篇是我投稿第二屆野萃文學誌的作品，當時主辦單位指定的題目是「異鄉漫遊」，所以我就寫了魔法之都的故事，最後與另一位作者並列第三。

由於故事性質的緣故，這次我採用了另一種不同的寫作方式，結果一開始出來的成品看起來不太像推理小說（現在已經有做過修正了）。雖然故事本身是虛構的，但是裡面有幾段劇情其實是真實事件，而且都是我的親身經歷，有興趣可以猜猜看是哪些部份。

我會以「魔法」這項被推理小說視為禁忌的要素當做主題，部分理由就是因為魔法被推理小說視為禁忌。就我觀察，比科幻、本格、密室和奇幻更不能讓讀者接受的，就是超自然現象（魔法、靈魂、超能力）了。大概有百分之九十九的人（現在可能是百分之九十八了，因為這幾年開始有一些跟妖怪或民俗有關的推理小說出版）只要一聽到這類要素，就會立刻皺起眉頭說：「要是小說有XX，不就可以這樣那樣，那要怎麼推理……」，好像超自然現象是種不可以設下限制、更不可以提出明確公式、只要碰上了就會讓邏輯失靈的東西一樣。既然大家能接受武俠推理、人造病毒、未來科技、甚至是超越常人的技術（例如《D機關》裡的間諜每個都過目不忘，連無意義的句子都能一瞬間記下並倒著唸出來），那超自然類別就不應該特別被排擠。

我認為，只要故事中有提出使用規範，而且推理方式符合一般認知（如果有不同的要先說明），真相也沒有超出規範之外的話，超自然現象當然可以做為推理小說的背景，甚至是詭計核心。

因為寫這篇故事時還沒有什麼特別的構想，所以魔法要素只是點綴，之後如果有適當的主題或詭計，我就會來嘗試用這種要素撰寫故事。

1

天花板傳來了巨大的廣播聲，將沉浸在思考中的迪亞克驚醒。

他抬起頭，看了看候機室裡的電子看板，然後重新低頭繼續思考。

「學長，你想到了嗎？」

對於身旁傳來的這句問話，迪亞克輕輕搖頭做出回應。

「沒有，你呢？」

「我也還沒。」

那位學弟將他的身體往後靠在椅背上，雙眼直視天花板。他的姿勢和迪亞克幾乎毫無二致，差別只在於一個看天空、一個望地下。

他們又靜默了一會兒，這次換迪亞克主動開口。

「等等我要把整個經過重新回想一次，你暫時別打擾我喔。」

「好啊，我也要再想一下。」

迪亞克調整好自己的坐姿，接著把視線移向登機門。

——還有二十分鐘，應該來得及。

2

「奇怪……到底還有多遠啊，怎麼這麼久都還沒到？」

迪亞克一邊開著車，一邊自言自語地四處張望。

他已經在這條寬廣的黃土道路上連續開了三個鐘頭的車，卻還是沒看到這趟旅程的目的地。所幸他在出發之前先將汽油加滿了，不然車子要是開到半路突然拋錨，可就成了惡夢一場。

但迪亞克目前最擔心的事情並不是引擎熄火，而是找不到路。畢竟，他可是從原先居住的八龍城，千里迢迢地跑到這個名叫震都的國家來。而這兩地之間的距離不僅差了十萬八千里遠，還得靠飛機才能互相往來。若是在這人生地不熟的地方發生任何意外的話，他可真不知道該找誰求救了。

迪亞克是個頭部兩側長著白色長角的龍獸人，有著鮮紅色的光滑皮膚與灰白色短髮。他在八龍的軍隊裡擔任參謀，職位則是最高階級的軍師指揮；但在軍人的身分之外，他也是位國際知名的生化學家，這一次之所以會來到震都，就是應邀去參加某個學術研討會。

這場研討會雖然只有一天而已，迪亞克卻安排了一個星期的休假。因為他覺得自己難得來到陌生的異邦，應該要把握機會四處拜訪。況且震都本身又是個歷史悠久的古老國家，圖書館裡更是收藏了各種不計其數的珍貴文獻，如果不利用這段時間好好參觀一下就太可惜了。

（今天晚上在那兒住，等明天吃過早餐之後再開回城裡，就可以搭下午的飛機回八龍，嗯……）

迪亞克在心裡默默規劃好最後兩天的行程，同時放鬆心情，開始回憶起前幾天的旅行經過。

到達震都的第一天，迪亞克就知道自己停留一個星期的決定相當正確。他才剛走出機場，便立刻發現震都與八龍確實存在著不少差異。而這些差異不僅影響了人民的生活習慣，甚至也反映在國家政策上。如果不在這裡待上一段時間，就沒有辦法親身體會到這些差異所帶來的異國風情了。

比如說，震都的建築物絕大部分都是古蹟。震都政府為了避免新建築破壞街道的整體觀感，因此特別規定房屋的造型必須配合周圍風格進行建造，即使是現代化的百貨公司或高樓大廈也一樣。而且這些新建築的外觀還必須弄得跟古蹟一樣舊，這樣才不會顯得太過突兀。

除了外觀以外，震都的商店種類也與八龍截然不同。當迪亞克在機場搭上計程車，準備到旅館登記入住時，赫然發現市區裡居然到處都是酒吧跟圖書館。相對的，由於魔法在震都比科學更受到重視，因此街上幾乎看不到什麼販賣電器產品的地方，取而代之的是更多的魔法用品店。

雖然迪亞克對魔法這種非科學領域的技術沒什麼研究，但滿街的魔法用品店倒令他覺得十分新鮮。於是在研討會結束之後，他隨即興致勃勃地走進幾家頗具規模的魔法用品店內參觀，當作是這趟自助旅行的最初景點。

迪亞克順著店鋪走道繞了兩圈，發覺現在的魔法用品店已經和他過去的印象完全不一樣了。以往的魔法用品店總會給人一種高深莫測的神祕感，裡頭的商品也如同珍貴的古董一般，既稀少又昂貴；現在的店面則是弄得跟大賣場一樣，不但有父母帶著小孩一同來逛街，就連商品也分門別類的放置在不同區域。顯然魔法產品的製造方式已經有了飛躍性突破，因此店家也得以用量販店的模式進行生產及販售。

等到迪亞克離開商店時，天色也暗了下來。於是他在視線所及的範圍內，選了一間裝潢頗富在地特色的酒吧來解決晚餐，並在酒保的協助下，完成了剩下幾天的行程規劃。

隔天，迪亞克照著事前訂好的行程開始四處造訪：他利用兩天的時間去閱讀圖書館的多項典藏，然後在第三天走遍了各個有名的古蹟景點，並到魔法工房去參觀魔法道具的製作過程。而在第四天的時候，迪亞克在國立魔法博物院裡欣賞了先人所遺留下來的各種歷史以及文物，還參加了某個知名的魔法團體所舉辦的降神會。

至於第五天——也就是現在，由於迪亞克從酒保那兒聽說震都城外有一間兩年前才剛完工、而且開幕時還不斷上新聞的新度假村，所以他先查了一下電話簿上的號碼，並且打電話過去預訂一個房間，然後就裝上所有行李，開著從車行租來的交通工具出發，準備一路前往目的地。

「咦？」

迪亞克發現不遠處有個十字路口，他立刻踩下煞車，將車子停到路邊，隨後拿起一旁的地圖，開始手忙腳亂地翻了起來。

「奇怪，照地圖上來看，這裡應該只有一條路才對啊，怎麼會跑出一個十字路口？」

迪亞克將整本地圖攤在方向盤上，然後用手指按住地圖，沿著道路移動了一會兒。接著，他不解地皺起眉頭，同時自言自語：「糟糕……該不會走錯了吧？可是一開始就是照路標走的，沿途過來又沒有岔路，怎麼可能會錯呢？」

迪亞克焦急地往四周查看，發現右後方不遠處有一家酒吧。而在那家酒吧的大門旁邊，有一個長著白色的頭髮和眉毛、全身湛藍的鯊魚獸人正躺在面向馬路的海灘椅上，看起來正在做日光浴。他趕緊把地圖丟到副駕駛座上，然後將車子倒退回去。

「對不起，我聽說這附近好像有一個叫做『西理斯因』的度假村，是這兩年才新開幕的，請問要往哪邊走？」

迪亞克打開車窗，客氣地向對方詢問。

「新開幕的度假村？右手邊那條路直直往前走就到啦。」

對方將他那顆鯊魚頭往右撇了一下，然後又閉上眼睛繼續休息。

「謝謝你。」

迪亞克向對方道了聲謝，重新驅車上路。他照著對方的指示向右轉，然後一直順著路徑往前直開。經過三十分鐘左右的車程後，迪亞克發現遠處似乎出現不少建築物。而當他看見路旁有塊牌子上寫著「歡迎光臨西理斯因村」時，原本懸在心中的大石頭也總算放了下來。

3

穿過園區大門後，迪亞克照著路標的指示進入停車場。儘管已經有四分之三的位置被人使用了，他還是找到一個左右都空出來的格子把車子停好，然後用一隻手拖著沉重的行李箱，滿懷期待地朝主要大樓的方向邁進。

（還好今天不是假日，不然說不定就沒位置停了。）

迪亞克一邊漫步行走在泥土道路上，一邊環顧起四周的風景。

根據插在路邊的平面圖來看，西理斯因村位於佩里亞山的山腳下，村子裡大部分的園區都建築在平地上，只有後半段的一小部分是蓋在山腰。而在園區不遠處還有一條平靜的小溪，從山頂一路流洩到平地的河流當中。這種依山傍水的秀麗景色，令迪亞克看得心曠神怡。

主要大樓是用木材、磚頭和石塊建造的四層樓建築，外型古色古香，看起來就像保存完好的古蹟。至於大樓本身則兼具了餐廳與服務處的功能，不論旅客是要住宿還是退房，都必須在這裡辦理登記手續。

「你好，我昨天有打電話訂一間單人房，我的名字是迪亞克。」

迪亞克走到櫃檯前面，對著滿臉笑容的服務員說道。

「迪亞克先生嗎？」

服務員翻了翻手邊的登記簿，接著點點頭回答：「好的，請你在這上面簽一下名，然後我們要先跟你收一下費用，一共是一千八百元烈封幣。」

「好。」

烈封幣是出國必備的國際通用貨幣，而絕大部分的旅遊區也都是用它來進行交易。迪亞克從皮夾裡拿出兩張嶄新的千元鈔票交給服務員，並且照著對方的指示，先確認登記簿上已經寫好的姓名、電話、日期跟房間種類都沒有錯誤，然後才將自己的名字簽在最後面的「入住」那一欄上。

「你們這裡還真是復古啊，不但得用手工方式來進行住房登記，就連簽名用的筆都這麼老。」

迪亞克一邊將羽毛筆插回墨水匣，一邊打趣的說。

「是的，魔法以及這種懷舊氣息就是我們園區的最大賣點。」
服務員把登記簿放回自己面前，並從抽屜拿出一個紙包，放進兩張紙條後交給迪亞克說：
「這是你的房間鑰匙和餐券，用餐的時候請到二樓的餐廳，我們的早餐和晚餐都是採自助式，祝您假期愉快。」
「謝謝你。」
迪亞克接過紙包時，突然想起了某件事情，於是又問：「對了，從震都城到你們這裡的路線，怎麼跟地圖上畫的不太一樣？我看地圖上明明就是一條道路通到底，結果卻要在一個十字路口處轉彎。」
「喔，那大概是因為你買到了幾年前的舊地圖。你說的那個路口是在一家酒吧的旁邊吧？那裡本來只有一條路而已，因為後來開了新的道路，所以就變成十字路口了。」
「原來我買錯地圖了，難怪路會不一樣。」
迪亞克抓抓自己的龍角，露出恍然大悟的表情。
「如果你需要的話，我們這邊也有賣最新版的地圖……」
「不用了，反正也只差一點點。倒是你們的客房要往哪邊走，在樓上嗎？」
「不是，是出去以後順著路直走，第一條岔路的右邊就會看到了。」
服務員邊說邊用手在空中比劃了一下。
「我知道了，謝謝你。」
迪亞克再次低頭向服務員道謝，隨即轉身走出門外。

4

西理斯因村的園區大致可以分為遊樂區和住宿區，而在主要大樓前方的第一條岔路，便是區分這兩邊的重要交界。

住宿區的客房均為兩層樓的建築物，每個樓層約有七個房間可供住宿。迪亞克起先以為建材是鋼筋水泥，靠近一看才發覺是石造房屋，只是外表塗上了水泥以防止風吹雨打。

迪亞克照著鑰匙上的房間號碼，一路拖著行李往自己的房間走去。如同主要大樓，客房在氣氛的營造上也做得毫不含糊。不管是外觀裝潢還是內部擺設，全都刻意採用上個世代的風格，讓人有種回到過去的感覺。

迪亞克剛用自己手中的黃銅鑰匙打開房門，一股清新淡雅的木頭氣味立刻朝他迎面襲來。他把行李放在木頭製成的床頭櫃旁邊，然後轉頭看向客房所提供的各項設備。值得慶幸的是，房間裡不但有床鋪、梳妝台和衣櫃，也有電燈跟電視這種現代化產品。不過，由於家具全都是古典造型，因此功能也相當原始——電視機只能用按鈕轉台、銅質吊燈上的黃色燈泡也顯得有些昏暗。

（現在是下午三點半，希望吃晚餐以前就能夠把整個園區逛過一遍。）

稍做休息之後，迪亞克帶著皮夾跟鑰匙離開房間，準備到遊樂區裡面去看看有什麼好吃的和好玩的。

迪亞克原本以為這裡跟其他的遊樂園一樣，只會單純地將主題套用在諸如雲霄飛車之類的遊樂設施上，而且方法也僅止於造型改良和圖案繪製而已。但西理斯因村走的顯然不是這種路線，而是更加符合宣傳項目的手法。

這種手法說起來很簡單——就是將園區風格以最澈底的方式發揮到極致。

除了客房以外，西理斯因村裡幾乎完全沒有任何現代化的機械設備，只有像是電燈、水龍頭以及馬桶這些生活用具，由於很早就被發明出來，因此得以成為少數例外。而園區所採用的遊樂設施，就是在各種大小不一的木造建築裡，設置各種利用魔法所設計的遊戲。

當然，每個遊戲都有負責向遊客進行解說的服務人員。不僅如此，在迪亞克剛走進遊樂區的時候，還看到路旁插著許多告示牌。這些告示牌均以不破壞風景的方式進行設置，內容則是向遊客介紹魔法的施行方式和種類，就跟迪亞克之前在國立魔法博物院裡看到的介紹差不多。

依迪亞克的了解，魔法大致可以分為直接使用型、咒語型和儀式型。所謂的直接使用型就是揮揮手就能變出火、光、閃電之類的魔法；咒語型就是要先唸出咒文才能夠使用出來的魔法；而儀式型則是除了咒語之外，還要按照一定的步驟進行祈禱或是獻祭才會生效的魔法，像迪亞克之前參加的降神會，就是屬於儀式魔法的一種。

看到這些告示牌，讓迪亞克突然有點擔心這些遊戲是要懂魔法的人才能玩，不過度假村裡既然沒有寫出限制，那應該就沒這問題吧。

（喔，這個好像不錯。）

首先映入他眼裡的，是一間規模比較大的木造房屋。這個房屋沒有窗戶，但在正面卻設有一個入口與一個出口。入口的招牌上寫著「幻境迷宮」，裡頭的內容自然也無須多言。

不知道魔法迷宮和一般的迷宮有什麼不同——迪亞克一邊如此想著，一邊從迷宮的入口處走進去。

「你好，請問只有一位嗎？」

站在服務台的工作人員是位長著白毛的羊獸人，他一看見迪亞克，立刻用頭上那對彎角朝迪亞克點了一下。

「對，這個要怎麼玩？」

迪亞克好奇地四下張望，發現屋子裡什麼擺設也沒有，只有入口和出口處的地上各設了一道黃線，看似是開始與結束的界線。而在屋內有幾個人像瞎子一樣四處亂晃，偶爾撞到對方的時候，他們也沒有互相道歉，只是繼續進行自己的探險活動，彷彿完全沒有察覺到彼此的存在一般。

「只要拿著這個進去，一直走到迷宮外面就可以了。」

羊獸人將一個水晶球交給迪亞克後，指著出口的方向說道：「幻覺結界會對拿著水晶的人產生作用，所以出去後麻煩把水晶放在出口處的籃子裡面。如果走不出去想要放棄，只要把水晶拿起來對著眼睛，就可以破除幻象。」

「他們這樣互相撞到不會有危險嗎？」

迪亞克疑惑的問。

「不用擔心，水晶球上面有施過防護術，可以保護撞到的人不會受傷。」

「可是出口不是設在那裡嗎？這裡又沒有別的障礙物，如果我一開始就往那個方向前進，不是馬上就出去了？」

「你試試看就知道了。」

迪亞克照著對方的指示跨過黃線後，隨即感到一陣天旋地轉，等到他重新站穩腳步時，已經獨自置身在巨大的地底隧道之中了。

「原來這個迷宮還會先把進來的人轉暈，難怪不怕出口被看到。」

迪亞克有所領悟地喃喃自語，接著便開始向地底迷宮進行挑戰。

經歷十五分鐘的努力後，迪亞克總算把基本規則給弄清楚了。

起先他以為只要往同一個方向不斷前進，就可以碰到屋子的某個角落，然後便可一路摸著牆壁走到終點。不料，他在裡面繞了半天，始終都碰不到牆壁，或許是這項法術會迷惑人的感覺，使人在不自覺的時候遠離牆壁。

最糟糕的是，每當迪亞克不按規矩地穿越幾道牆壁，迷宮就會自動產生新的變化：從地底隧道變成鏡子迷宮，從鏡子迷宮變成湖底洞窟，從湖底洞窟變成巨石迷陣，又從巨石迷陣變成深邃密林。當然了，迷宮的路徑也會隨著環境的轉變而重新排列。

最後他終於放棄了這種投機的方式，改為沿著眼睛所見的道路行走，結果迷宮雖然會在他前進一小段路後出現相同的變化，但路徑的內容卻沒有改變，只是原本的方向互相交換而已。當迪亞克確定了這點之後，他的前進速度也跟著變快許多，沒多久就成功地抵達終點，而幻影也在他跨過黃線的那一刻消失無蹤。

迪亞克回頭望了望周圍，確定自己已經回到了現實當中。其他的迷宮挑戰者早就不見蹤影，不知道是憑實力走出去還是放棄了。

「喔……這個遊戲玩得我頭好暈。」

迪亞克一邊把水晶球放進身旁的竹籃子裡，一邊搖搖頭走出屋子。

5

（下次還是選個不必繞來繞去的遊戲吧，不然實在是受不了。）

迪亞克將他長長的龍脖子四處轉動，繼續找尋其他有趣的遊樂設施。

大多數的遊戲都可以從它們的招牌名字猜出內容為何，不過也有少部分的遊戲名字取得十分詭異，讓人搞不清楚這個遊戲到底是什麼東西。而商店和紀念品店也不時穿插在各遊戲屋之間，以便隨時滿足遊客物質上的需求，順便吸引他們從口袋裡掏出更多鈔票。

迪亞克很快就瞧見另一個讓他感興趣的遊戲——烈焰狙擊手。從這個遊戲的稱呼來看，應該是類似打靶的東西吧。

這次的工作人員是個年輕的黑犬獸人，他敏捷地從椅子上跳起來，熱情招呼著上門光顧的迪亞克。

「你好，要來試試看我們的火球術打靶嗎？這裡有很多種魔杖，你可以選一隻喜歡的來用。」

犬獸人邊說邊從櫃檯下面拿出好幾根魔杖，並在桌面上將它們一字排開。

「可是我不會魔法耶。」

迪亞克搖搖頭說。

「沒關係，那就用這個吧，這是給不會魔法的客人使用的。」

犬獸人又從櫃檯下面拿了一根新魔杖出來。

「這跟其他的有什麼不一樣嗎？」

「這其實是做成魔杖外型的魔法道具，裡面已經先存了十顆火球，只要按一下這顆按鈕，火球就會從頂端噴出來。」

「哦。」

迪亞克接過那根魔杖，仔細端詳起它的外觀和結構。

就他所知，魔法道具也可大致分為兩種類型。第一種是施展魔法時，用來當作輔助器材的工具，如桌上的魔杖、儀式用的羊皮紙和短劍、下詛咒時使用的娃娃等等……第二種則是附加了魔法力量的普通物品，像是受過魔力加持的劍，封有咒語的水晶球，還有這種可以儲存法術的魔杖都屬於這一類物品。這些物品通常都是製作給不懂法術的人使用的，所以操作起來都非常容易。簡單的說，這種魔法道具跟機械其實是一樣的，差別在於機械運作時耗用的是電力，而魔法道具是以魔力來當作它們的動力。

「裡面有十顆火球，所以玩一次是打十個靶嘍？」

迪亞克問。

「對，我們的靶在這一邊。」

犬獸人從桌上抽起一根魔杖，往身後的空鐵架上隨手一揮，鐵架裡立刻出現十顆排列整齊的光球。

「這個靶有好幾種樣子，如果要改的話，我可以幫你換。」

「沒關係，這種就可以了。」

迪亞克躍躍欲試地將魔杖拿起來對準光球，然後在按鈕上使勁一按，一顆火球便筆直地從杖頂飛出去。

「哎呀，沒中。」

火球就像煙火一樣，擊中鐵框架後散開消失了。

「再來一次。」

第二顆火球也以同樣的速度飛過空中，這次總算成功地擊中目標了。光球一受到衝擊，立刻變成七彩的閃耀碎片，而後消失無蹤。

「哈哈，被打到還會放閃光啊。」

十顆火球很快就被迪亞克玩光了，他把魔杖還給犬獸人的時候，好奇地向對方問道：「這個遊戲的危險性應該不低吧，要是打歪了，不是會傷到人嗎？」

「不會，這是最初級的火球術，熱量大概跟燈泡差不多，而且一碰到就會馬上消失。比起一般的空氣槍或是射箭，還算安全得多呢。」

犬獸人一邊回答，一邊用自己的魔杖在迪亞克的那根魔杖上施法，顯然是在替它補充火球。

「也對，只是玩遊戲而已，沒必要用得太強烈嘛。」

「這裡是旅遊區，不是實彈練習場，當然不可能使用真正的攻擊法術，而且還得考慮到魔力的問題。即使是最初級的法術，用太多次也是很累的。」

「真是不容易啊。」

迪亞克感嘆地表示。

「不過現在的遊客已經沒有以前那麼多了。因為科學發達的緣故，大家都跑去玩高科技的遊戲機，這種傳統的東西就沒什麼吸引力了。而且這幾年又有其他業者跑來競爭，生意就變得更少……啊，抱歉，有其他客人來了，我要先去招呼他們。」

「沒關係，我也要到其他地方去看看，你忙你的吧。」

看到犬獸人有工作要做，迪亞克也不想再繼續打擾他，只是簡單告別一下之後就離開了。

6

迪亞克看了看時間，發現自己在外面閒逛了將近一個小時。此時他忽然覺得自己有些口渴，於是走到不遠處的攤位前面，準備買杯飲料來喝。

「你好，請問要點什麼？」

看見客人靠近，櫃檯後面的貓人店員立刻出聲詢問。

「冰咖啡好了。」

迪亞克抬頭看了一下價目表後說。

「請等一下。」

貓人拿出一個五百公克的紙杯，往裡面倒了一點點熱咖啡。緊接著，他拿起一根鑲著水晶球的木製魔杖，低聲念了幾句咒語後往杯子上一點，咖啡就立刻變成滿滿一杯。貓人又念了幾句咒語，然後再往杯子點第二次，原先冒個不停的蒸氣隨即消失，紙杯外壁還微微開始滲出水滴，代表熱咖啡已經變成冰的了。

最後，貓人念了第三次咒語，並且同樣往杯子上面揮舞之後，他才將手中的魔杖放到一旁，然後將杯口蓋上塑膠杯蓋，連同吸管一起遞給迪亞克。

「好了，一共三十元。」

付過錢之後，迪亞克立刻拿起咖啡喝了一口。用魔法調製的冰咖啡，味道與一般方式調製的冰咖啡沒什麼兩樣，讓他覺得有些失望。

「咖啡會不會太甜？太甜的話，我可以馬上幫你做調整。」

貓人一邊說著，一邊拿起魔杖輕輕揮動。

聞言，迪亞克一臉驚訝地對貓人說道：「會太甜嗎？我還以為沒加糖。」

「啊？」

聽到迪亞克的回答，黑貓立刻驚慌到連毛都豎了起來。

「不會吧？之前有好幾個客人都說甜度不太夠，所以我這次還特別將法術的效力加倍。那……要不要拿回來，我重新幫你調一下？」

「好，麻煩你。」

迪亞克把咖啡還給店員，讓他重新施了一次法術。這次的甜度讓迪亞克覺得差不多了，於是他對店員點點頭，然後繼續往下個攤位走去。

「口味吃那麼重喔。」

走沒幾步，迪亞克就隱約聽到身後傳來這樣一句話。

由於迪亞克目前已經來到遊樂區的中央廣場附近，因此遊客數量也比剛才增加許多。正當他喝完手上的飲料，準備找個垃圾桶丟的時候，突然聽見附近傳來一陣陣驚叫。

他順著聲音的方向走過去，想要知道究竟發生了什麼事情。

「哇塞，這裡怎麼會有這種東西啊？」

在迪亞克找到聲音的源頭之後，他也忍不住發出連連驚呼。

一座巨大的水池十分突兀地出現在廣場正中央，而兩條三層樓高的滑水道則依附在水池的側邊，像是互相纏繞的巨蛇一般，交叉盤據住整個天空。長長的人龍從入口處一路排到樓梯底部，每當隊伍前進時，就會有遊客一邊尖叫一邊溜下水道，最後「撲通」一聲落進池子裡。

（陸地上也能玩滑水道啊，這樣衣服不就全濕了嗎？）

迪亞克疑惑地看向告示牌，發現這個設施的名字叫做「乾式滑水道」，下面的注意事項則寫著「玩過本設施後大約十分鐘之內會無法碰到水」，看來它的原理應該就是利用法術來讓身體保持乾燥吧。

（不能碰水啊……剛才喝咖啡的時候也沒弄髒手，應該沒差吧。）

迪亞克把飲料杯扔進告示牌旁邊的垃圾桶裡，確定自己短時間內不想上廁所和洗手之後，就跟著大批人群一起爬上樓梯，準備依序排隊進滑水道了。

迪亞克在樓梯上等了足足十分鐘，總算走到最高處的平台。平台上有兩位胖胖的棕熊獸人，分別站在兩個滑水道的入口處。每當有遊客要下水的時候，他們都會先用雙手在遊客身上畫個幾下，然後才讓對方坐在滑水道上。

「每個人的法術都得由你們親自來施展，這樣會不會太累了啊？」儘管這些事情和迪亞克毫不相干，不過他在輪到自己的時候，還是忍不住向幫他施法的那位熊獸人問道。

「還好啦，這個設施每隔兩個鐘頭就會暫時休息一會兒。而且這是我們的獨門法術，所以也只能由我們自己來弄。」

熊獸人說。

「只有你們兩個才會？這樣太奇怪了吧？」

「不會啊，那些利用特殊技藝來吸引顧客的景點，還不是靠著只有一、兩位師傅才會的特點來招攬人潮。」

熊獸人對迪亞克揮揮手催促道：「好了，後面還有很多客人在排隊，麻煩你趕快坐下來吧。」

「哦，不好意思。」

迪亞克照著對方的指示，把雙手放在滑水道的邊緣上坐好，並將雙腳和尾巴放在滑水道上面打直，以免不小心卡住而發生意外。

這是非常不可思議的體驗。迪亞克可以清楚感受到清水透過布料後碰觸到他的皮膚，也可以看見自來水嘩啦啦地從身下流過，但是他的褲子和鞋子卻一點都沒有濕掉的痕跡。就連他順著滑水道一溜而下，落進池子裡面的時候，冰冷的池水也完全沒有沾濕他的衣服及頭髮。

迪亞克試著用手撈起一些水，發現那些水跟他的身體之間似乎有道看不見的隔閡存在。雖然他可以摸到水，那些水也可以穿透布料，但是水分子卻會因為那道隔閡的阻擋而無法停留在他的身上。在這種情況下泡在水裡，就好像是置身在極其逼真的立體影像中似的，給人一種不真實的感覺。

（要排隊再玩一次嗎？可是……）

迪亞克原本還想再多玩幾次，不過他又覺得自己應該先去別的地方瞧瞧，以免時間不夠他繞完整個園區。但他不知道逛完剩下的遊樂設施要多少時間，如果拖太久的話，說不定這個設施就關閉了。

他的煩惱並沒有持續太久，因為有位工作人員在這時候跑了過來，一邊拉起樓梯口的鐵鍊一邊大喊：「不好意思，乾式滑水道目前暫時停止開放入場，後面還沒有排到的遊客，請等一個小時之後再繼續排隊。」

（好吧，看來是天意如此了。）

迪亞克苦笑幾聲，從水池當中抽身出來。確認鞋子裡的水都倒乾淨後，他便轉頭繼續往其他的遊樂設施邁進。

7

迪亞克在廣場附近連續玩了好幾項設施，每一種都令他感到回味無窮。跟先前遇到的遊戲相比，這裡的遊樂設施要來得複雜許多，而且法術的內容也顯得更加困難，讓他忍不住欽佩起這些盡責的工作人員。

唯一美中不足的，就是每個設施前面都站了不少遊客，害他花了好多時間在排隊這件事情上。連續等了幾次後，迪亞克決定先到遠一點的地方去，挑些人數少的遊戲來玩。不然的話，剛才跳過滑水道的舉動就毫無意義了。

（嘿嘿，這麼快就有一個沒人玩的了。）

迪亞克才剛離開廣場的範圍，就找到一間沒有大排長龍的建築物。外頭的招牌寫著裡面共有三個設施，分別是漂浮呼拉圈、奇幻飛馬以及巨形潛艇。他看中間的人最少，就決定選這項設施去玩。

他從入口走進去，卻發現裡面的設施居然是旋轉木馬。正當他想退出去的時候已經有人從後面跟著走進來了，而入口的設計是利用柵欄做成單行道路徑，要出去就只能從旁邊硬擠。迪亞克覺得這樣對後面的人也不太好意思，只好跟著他們一起走進去。

（算了，旋轉木馬也沒什麼不好的嘛。）

迪亞克自我安慰地想道。

由於旋轉木馬目前正載著前一批遊客進行運轉，因此迪亞克也得以趁著這個機會仔細觀察這項設施。

在這間建築物裡，一共有兩名工作人員在一旁待命。其中一位是有著土黃色毛皮的馬獸人，另外一位則是全身布滿淡灰色短毛的驢獸人。他們分別待在門口櫃檯與旋轉木馬的旁邊，看起來就像是守衛一樣。

旋轉木馬是以魔法進行驅動的，這一點從驢獸人不時揮舞雙手的模樣就可以看得出來。旋轉木馬的底部完全沒有碰到地面，代表應該是驢獸人先施法讓客人乘坐的平台整個飄浮起來，接著再以另一種法術來控制旋轉。

雖然迪亞克不知道這種法術到底算是簡單還是困難，但即使是不懂魔法的迪亞克，也可以猜出他們兩個人一定是用互相輪班的方式來休息。因為驢獸人在施法的時候是全神貫注的，而這裡的工作怎麼看都不像能連續做上一整天。既然這裡擺了兩個員工，卻又沒有像滑水道一樣設置休息時間，那麼他們也只能以輪流休息的方式來維持營運了吧。

「我們現在要開始減速了，請等到完全停止的時候再起身離開。」

隨著馬獸人一聲令下，木馬的旋轉速度也逐漸減緩下來。不一會兒，遊客們三三兩兩地走下設施，邊走邊討論起彼此的感想，像是「好好玩，簡直跟真的一樣。」「我還以為要掉下來了呢。」也有人很不賞臉的說出「沒什麼嘛～」「我覺得另一家的奇幻飛馬做得比較好。」之類的話。

（奇怪，他們看起來怎麼那麼興奮，難道上面還有什麼祕密嗎？）

迪亞克滿懷著好奇的念頭，跟著下一批遊客一起搭上設施。當他選了一匹白馬坐下時，他才發現這個設施居然真的是用木頭作成的。不過除此之外倒也沒什麼特別的地方，真搞不懂那些人的感想是什麼意思。

「搭乘奇幻飛馬的遊客，請在座位上坐好，並且抓緊你們的坐騎，我們馬上就要開始起飛了。」

馬獸人看旋轉木馬已經客滿了，就把入口的柵欄重新關上，然後在木馬旁邊巡過一圈。驢獸人也從相反方向和他一起進行確認，確定每位遊客都有坐在位置上之後，他們向彼此點頭示意，接著，馬獸人走回櫃檯前的定點，而驢獸人則將雙手放在胸前準備重新施法。

「喔喔。」

當驢獸人像指揮家一樣舉起雙手時，整座設施也跟著飛了起來，迪亞克見狀忍不住發出驚呼。而當驢獸人用右手在空中繞圈後，木馬也開始以逆時針的方向進行轉動。

「哈哈，真的在飛了耶，咦……」

迪亞克突然覺得有什麼地方不太對勁，但他還沒弄清楚是怎麼回事，眼前就出現了更加奇特的變化。

他所騎乘的那匹白馬，此時居然像真馬一樣動起來了！而且它的身旁還長出兩隻巨大的翅膀，彷彿要飛出這棟建築物般，啪搭啪搭地不停拍動著。

不僅如此，四周的景象也在剎那間出現變化。等到迪亞克回過神來時，他已經飛行於山林之中了。至於原先待在他身旁的眾多遊客，也在不知不覺間失去蹤影，僅剩他一人獨自展開飛行之旅。

（這……這是幻影還是真的飛到郊外了啊？如果是幻影的話，感覺也未免太過真實了吧？）

儘管起初有些驚魂未定，不過迪亞克很快就從驚嚇當中恢復過來，並且對這突如其來的異變感到樂在其中了。

飛馬優遊自在地拍動牠那雪白的翅膀，帶著迪亞克穿越綿延的山峰和翠綠的森林，也飛過清澈的小溪與陰暗的峽谷。每當飛馬轉彎或是升降時，迪亞克就會發出孩童般的興奮歡呼；而在他們深入岩漿以及海底這種危險的場所時，迪亞克也會緊張地將身體和尾巴縮成一團。

「我們現在要開始減速了，請等到完全停止的時候再起身離開。」

當他們再一次從地心深處回到蔚藍的晴空，讓迪亞克覺得自己好像已經繞著全世界飛了一圈之後，馬獸人的聲音也從遙遠的天上傳來。緊接著，他們開始往地面上的某個山區方向降落。而在那個山區靠近山腳的地方，則有一個十分眼熟的熱鬧城鎮。

隨著高度逐漸降低，地面上的景物也開始逐漸變得清晰。在看到廣場中央的水池與滑水道時，迪亞克才發現原來這裡是西理斯因村，而飛馬正載著他回到當初出發的地點。

等到飛馬從建築物的大門飛進去，並且降落在沒有木馬的平台上之後，牠的翅膀便自動收進身體裡面，而飛馬本身也變回不再活動的冰冷木頭。

「啊，結束啦？」

迪亞克大夢初醒般地環顧周圍，發現平台已經落回地面，而且四周的人也在不知不覺間回來了，於是他趕緊跨下木馬，跟著其他遊客一起從出口離開。

8

（還好當初決定要繼續排隊，不然就錯過一項難得的體驗了。）

即使已經走了好一段距離，迪亞克仍然對剛才的經歷念念不忘。雖然他不太清楚這個設施的法術是如何運作的——當然，他還是有一些推測。他想驢獸人的工作應該只是移動木馬，至於幻象則是由結界自動產生的，產生條件就是木馬必需要旋轉，就像迷宮內的幻影只對手拿水晶的人才有效那樣——不過這些細節似乎也無關緊要了，反正只要玩得開心就好。

此時已經是下午五點半了，迪亞克走著走著，注意到旁邊有一塊牌子標示出通往山上的路。迪亞克這時突然想起，山上的設施通常都會在夜間時段關閉。因此他決定先繞到山上去看看，等確定沒什麼好玩的東西後再回來。

從園區走到半山腰的路徑還算相當平穩，至少不用像爬山一樣，走一些沿著懸崖鋪設的陡峭樓梯。而且這裡的空氣聞起來非常清新，讓人在散步之餘，也能感覺到神清氣爽、心情愉快。

然而，迪亞克走了好一段路都沒看到什麼遊樂設施，雖然偶爾也會有一些木頭作的盪鞦韆或是攀爬繩梯，但它們都只是很普通的森林探險設施，跟魔法完全沾不上邊。

（傷腦筋，怎麼都沒有特別一點的東西呢？）

迪亞克覺得有些失望，如果園區的後半部分只有這些設施的話，那他可就白跑一趟了。

在他轉過第二個彎道時，聽見附近陸陸續續傳來一陣物體碰撞的聲響，還附帶著此起彼落的尖叫聲。由於之前已經有了類似的經驗，迪亞克馬上順著聲音的方向趕過去，腳步也隨著期待的心情而加快。

（哈，原來好玩的藏在後面，總算被我找到了吧。）

呈現在迪亞克眼前的，是一大片天然的滑草場。滑草場裡有許多遊客正興高采烈地拖著他們的滑板跑上坡頂，然後再一鼓作氣地溜下來。

（原來那些碰撞聲是滑板撞到軟墊啊，我還在想是怎麼回事呢。）

迪亞克站在原地，將整個滑草場從頭到尾觀察過一遍，發現那些滑板似乎是放在一旁讓遊客們自行取用。只要先選好自己的滑板，然後讓坡頂上的工作人員幫你施個法術，就可以開始享受滑草的樂趣了。

這裡的遊玩時間跟次數是完全自由的，沒有任何限制。至於離開的時候，也只需要把借來的滑板放回整疊滑板的最上面，即可拍拍屁股走人了。

弄清楚整個設施的運作機制後，迪亞克也跑去挑了一個天藍色的滑板。此時他才察覺這原來不是塑膠製的普通滑板，而是外型相同、卻會在離地五公分之處飄浮起來的魔法道具。

因為不沾地的緣故，滑板拖起來十分輕鬆省力。不過在迪亞克漫步走到滑草場的坡頂上，見到負責施法的工作人員時，他又有新的問題想問了。

「這個滑板不是已經會飛了嗎，還要施什麼法術？」

迪亞克好奇地對眼前的狐獸人問道。

「嗯？哦，這是用來保護身體的啦。因為這個滑板就像磁浮列車一樣，滑行的時候速度特別快，所以要先在你們身上施一層防護術，以防萬一。」

狐獸人回答他。

「這個防護術能維持很久嗎？」

「差不多一整天都有效。」

「可是這裡的遊客一直來來去去的，你怎麼分得出誰有施過法術呢？」

「因為我看得見別人身上的魔法效應啊。不好意思，我還需要幫其他的客人施法，沒辦法陪你多聊了。」

「啊，抱歉，不小心打擾到你了。」

迪亞克此時才發覺自己又妨礙到工作人員了，趕緊向對方道歉，然後抓著滑板快步離開。

退到一旁的無人角落後，迪亞克也準備開始滑草。他把滑板放在斜坡的邊緣，先確認坡道下面沒有其他人或障礙物，接著在滑板的後半段坐下，並用雙手抓緊前端那條有如韁繩一般的繩索。最後將尾巴用力往後一推，整個人就悄然無聲地溜了下去。

狐獸人的話果然一點都不誇張，迪亞克還沒弄清楚怎麼控制方向，滑板就像火箭一樣衝向坡底，速度之快令他根本來不及思考。不到一眨眼的工夫，他就和滑板一起深陷於軟墊中了。

（天哪，居然滑這麼快，嚇死我了。）

迪亞克驚魂未定了好一會兒，才掙扎著從軟墊堆裡爬了出來。這些軟墊比一般滑草場使用的廢輪胎還要柔軟得多，因此撞擊力道並不強烈。

（不過這遊戲真的很刺激，再多來幾次吧。）

看見其他遊客一一撞上周圍的軟墊，然後又重新爬回坡頂呼嘯而下，讓迪亞克也忍不住想再多玩幾次。等他終於感到精疲力竭的時候，太陽已經下山了，因此迪亞克也只能雙腿發軟地按照原路走下山去。至於沒玩到的其他設施，就只好留待下次有機會時再來瞧瞧了。

回到房裡，迪亞克快速洗個澡，接著就到主要大樓的餐廳去吃晚餐。這裡的餐點跟一般的飯店自助餐沒有什麼不同，不過在他點了一份特製羊肉，服務生把菜端上來的時候，迪亞克還是見到了一份意想不到的驚喜。

當時服務生將菜放到桌子上，一掀開蓋在上面的不鏽鋼罩，某個金光閃閃的物體就從盤子裡直衝而上，把迪亞克嚇了一大跳。

「這是什麼東西啊？菜裡還會飛出一條龍？」

一直到那條龍消失不見，迪亞克才從目瞪口呆的狀態中恢復過來。他轉頭查看其他人的料理，發現只要是需要點單的菜，都會像牛排一樣用罩子蓋住，等到罩子一打開，各種珍奇異獸就會閃著光芒從盤子當中出現。雖然這不過是在視覺上做出另類裝潢而已，但也給人一種新鮮感。

大快朵頤的過程中，迪亞克一共拿了三大盤的菜，再加上一碗濃湯、一碗清湯、兩杯果汁、一盤綜合點心和兩碗冰淇淋，才挺著飽到不行的肚子走回房間。

迪亞克用手機訂好鬧鐘，然後打開電視機來看。大約有一半的頻道正在撥他沒看過的影片，從背景和色彩來判斷，應該是很久以前的老電影了。好在另一半頻道是撥現在的電視節目，因此他還可以稍微看一下新聞，接著躺進被窩裡，一邊熄燈一邊確認明天的行程。

（好像沒什麼東西要收了，明天早上七點鐘起床，吃完早餐就可以到櫃檯去退房，然後把車子開回震都去……）

肚子飽了，身體和精神也跟著倦了，迪亞克就在盤算中慢慢進入夢鄉。

9

第二天一早，迪亞克準時從睡夢中醒來。他按照預訂好的計畫，下樓去吃跟昨天晚上一樣豐富的自助式早餐，接著確認所有的東西都已經收拾完畢後，便提著行李到主要大樓的櫃檯去辦理退房作業，然後驅車前往震都城，準備搭下午兩點鐘的飛機回八龍。

當他回到震都城的時候，已經是十一點半左右了。迪亞克先將車子歸還給租車行，接著在酒吧吃了頓簡便的午餐，最後搭上計程車前往機場。

由於乘客必須在飛機起飛前半個小時完成報到手續，因此迪亞克一點都不覺得自己動身得太快，反而還擔心萬一交通狀況不好，說不定會耽誤到他上飛機的時間，所幸這種情況並未發生。辦完手續，迪亞克走進候機室裡稍做休息。他的屁股才剛碰到椅子，一陣熟悉的聲音就從身旁傳來。

「嘿，學長，你也來震都啦？」

迪亞克回過頭，發現有個身穿休閒服、背著旅行背包的棕毛狼獸人正搖著尾巴走過來，與他同行的還有一位虎獸人與一位犬獸人。

「咦？你怎麼會在這裡？」

迪亞克一眼就認出狼獸人是他以前在八龍軍的學弟克也，至於另外兩位他就完全不認識了，應該是克也的朋友或同事吧。

「最近排了幾天休假，所以就想出國晃一晃了。」

克也注意到迪亞克的視線正望向身旁的兩人，於是揮了揮手說：「啊，他們兩個是我的朋友啦，這次陪我一起到震都來玩。」

「你好。」

迪亞克和他們互相點頭示意。

克也把背包放在地上，像隻小狗一樣興奮地跳上迪亞克身邊的椅子。虎獸人和犬獸人也找了個位置坐下，不發一語看著他們兩個聊天。

「學長是來這裡做什麼的？」

克也笑容滿面地問道。

「主要是來參加學術研討會，不過我也積了很多假沒休，所以就順便來這裡渡一個禮拜的假。」

「休那麼多天喔……那學術研討會是什麼時候？已經結束了嗎？」

「結束了，我休假的第一天就是用來參加研討會，之後就完全沒事了。」

「什麼啊。」

克也聞言立刻笑彎了腰。

「你是不是說反了？應該玩才是主要目的，參加學術研討會只是順便吧，哪有順便做的事情比主要目的還多的？」

「經你這麼一說，好像還真是這樣喔。」

迪亞克也跟著笑了起來。

「你們這幾天都去哪裡玩啊？」

「去度假村嘍，聽說那裡還是兩年前新開的呢。」

「兩年……該不會是西理斯因度假村吧？」

迪亞克好奇地反問。

「對對對，學長你知道啊？」

「豈止知道，我這兩天也是去那裡。」
「真的？怎麼會這麼巧？」
克也露出喜出望外的表情說：「學長在那邊住了幾天？」
「只住了一晚而已，我前幾天都在城裡面四處亂逛，看看古蹟、景點、商店街什麼的，最後才去西理斯因村。」
「哦……哦……不過我們昨天居然都沒有見到面，真可惜。」
「你現在不是見到了嗎？」
「哎呀，我們馬上就要回去了，現在見面也只能聊一下……學長的飛機也是等一下就到吧？」
「還有半小時。」
迪亞克抬頭看一下鐘。
「對嘛，我們的飛機也是兩點鐘的。」
克也有些失望地嘟起嘴，接著又問：「學長都玩了些什麼？」
「玩了什麼？我想想。」
昨天的回憶一下子全湧出來，讓迪亞克一時不知該從何說起。他想了一會兒之後才想起剛入園時的情景：「喔，對了，我玩了幻境迷宮和火球術打靶，你們有玩嗎？」
「喔，有啊有啊。我們還覺得火球術太普通了，所以後來又換成用閃電術跟冰錐術來玩，那才刺激呢。」

克也點點頭。

「還有別種法術可以用啊？哎呀，我只玩一種而已，真是可惜了。」

迪亞克惋惜的說。

「你有玩飛天釀酒桶和迷你龍捲風嗎？」

「沒有耶，我沒看到這兩項設施，不過我倒是有去玩乾式滑水道。」

「啊，那個我們也有玩，不過我覺得設計得不是很好。他給我們施的那層魔法鍍膜老是在滑水的時候壓到毛皮，感覺實在不太舒服……」

「等等，等等，你在說什麼？」

迪亞克舉起手打斷克也。

「什麼魔法鍍膜？我玩的時候沒那種東西啊。不是稍微施個法術，水就無法留在身上了嗎？」

「沒有吧，是他在我們身上弄了一層像保鮮膜一樣的東西，而那層東西又不會沾水，所以才能防水啊。」

面對皺著眉頭的迪亞克，克也同樣露出了不解的神情。

「可是我玩的時候明明……」

迪亞克突然想起某個細節，因此他恍然大悟地說：「我想起來了，幫我施法的那兩個員工說這是只有他們才會的法術，大概是因為換人了，所以法術也跟著不一樣了。」

「哦……」

「不說這個了，你玩過奇幻飛馬沒有？我本來以為是普通的旋轉木馬，沒想到裡面有那麼特別的設計。」

「對啊，裡面的影像挺逼真的，真是不枉我們排了一小時的隊。」

「你們排了那麼久？我當時就是因為看它沒人，所以才決定進去的。原先我看了以後想說『啊～給小孩子玩的沒意思，換別的好了』，還好後來沒有走。」

「不可能吧，奇幻飛馬是最受歡迎的遊戲耶。還是說，學長你的運氣真的那麼好，偏偏給你遇到沒人的時候？」

克也一副不相信的樣子。

「大概是運氣好吧，我看旁邊的設施都有不少人在排隊，就這項沒人玩。」

迪亞克聳聳肩。

「對了，學長你有玩超級碰碰球嗎？就是奇幻飛馬旁邊的那項設施。」

「奇幻飛馬旁邊有這樣東西嗎？」

迪亞克歪著頭想了一下，然後回答：「沒有，這個我沒有玩。我離開奇幻飛馬之後，就跑到後山去了。山上有一座滑草場，我就在那裡玩到天黑。」

「喔，我也有到山上的滑草場去玩。不過一開始滑得不太好，結果整個人撞上坡底鋪著的輪胎，我還以為牙齒被撞掉了，還好摸一摸發現沒事。」

「坡底鋪的不是軟墊嗎？」

「啊？是輪胎吧，哪有什麼軟墊？」

機場好像一下子就安靜下來了。迪亞克和克也互相看著彼此，很有默契地同時停止開口說話。看在一旁的虎獸人和犬獸人眼裡，或許會認為他們正悶不吭聲地用眼神進行交流。這種狀態維持了幾秒鐘後，迪亞克終於忍不住開口：「我們講的是同一個地方嗎？」

「對啊。」

「那內容怎麼不一樣？」

「……不知道。」

10

在那之後，他們提出了更多事情來互相比對，內容幾乎都差不多，但細節上總會有一些部分兜不攏。

雖然這只是微不足道的小問題，但迪亞克和克也都很有科學精神，對於發生在身邊的疑問一定會探究到底——最起碼也要經過仔細檢討，確定真的想不出答案才放棄。

另外，自從克也搬離八龍後，就再也沒有和迪亞克共同挑戰過問題。這次他們在機場巧遇，居然就碰上這種怪事，因此他興奮不已，說什麼都要迪亞克陪他一起在上飛機前破解謎團。迪亞克拿他沒轍，再加上自己也很想知道到底是怎麼回事，因此他們開始拚命動腦思考，試著在有限的時間裡找出謎底。

事實上，依現在的科技發達程度，只要打開克也隨身攜帶的筆記型電腦連上網路，輸入幾個關鍵字進行搜索，或許馬上就能知道原因。但克也堅決反對犬獸人的這項建議，因為他認為那根本是作弊。迪亞克倒覺得沒那麼誇張，不過克也的心態他不是不能理解——畢竟揭開謎底就沒得推理了，所以他也同意目前應該先靠自己的實力，反正回家後隨時能查，不需要浪費這次機會。

更何況，這個謎團的可能性應該不會太多……

「我想不會是因為設施內容突然變更的關係。」

克也用手托著下巴，兩眼望著虛空，看起來活像在自言自語。

「如果我們是不同日子進去玩，或許還有可能，同一天就太離譜了，更不用說裡面還有一堆客人。」

「不會是這個，時間上根本來不及。而且有些設施我沒印象，如果它們是因為被搬走才消失的話，這變動的規模肯定需要暫時封區了。」

迪亞克頭也不回地擺擺手，接著說出自己的看法。

「比較有可能是我們記錯了。不過，就算真的有其中一小部分記錯，也不至於全部不一樣才對……」

「不可能是記錯啦，學長你記性比我還好耶。再說，那個差異已經大到不能算是記錯了，才過一個晚上而已，怎麼可能記憶會差這麼多。」

這回換克也搖著他的手，否定了龍人的假設。

「也許我記錯一些，你也記錯一些，兩邊加在一起就變成差很多？又或者是你其實才是全部記錯的那個？」

「……不對，我可以很清楚想起昨天的每個細節，我應該沒記錯。」

克也想了一下後搖搖頭，接著俯身探向他的朋友。
「欸，我前面跟學長講的那些內容，應該都沒有說錯吧？」
「沒有啊，跟我記得的一樣。」
虎獸人跟犬獸人也搖頭回應道。
「看吧。」
狼人嘆著氣，換回原先的姿勢，同時用手撥開擋在眼前的狼毛。
很快地，克也又想到新的可能性。
「會不會是學長你以前在其他地方看過類似的設施，結果把兩個不同的東西混在一起了？」
「這跟記錯有什麼不一樣嗎？」
「好像沒有。」
話雖如此，克也的意見卻給了迪亞克一個點子。
「對了，或許是入口處有某種特別的魔法，讓每個人在進入園區後，都會對同樣的設施有不同的印象，這樣客人每次來玩都會有新的體驗？」
「大概不是，如果真有這種設計，那網路上應該早傳開了，而且園方也一定會公告出來當作賣點，但是導覽手冊跟官網上完全沒提到這件事情。」
「也對。」
迪亞克嘆了口氣，用手扶住自己光滑的額頭，閉上眼睛細細沉思。
不久，天花板傳來了巨大的廣播聲，將沉浸在思考中的迪亞克驚醒。

他抬起頭，看了看候機室裡的電子看板，然後重新低頭繼續思考。

「學長，你想到了嗎？」

對於身旁傳來的這句問話，迪亞克輕輕搖頭做出回應。

「沒有，你呢？」

「我也還沒。」

克也將他的身體往後靠在椅背上，雙眼直視天花板。他的姿勢和迪亞克幾乎毫無二致，差別只在於一個看天空、一個望地下。

他們又靜默了一會兒，這次換迪亞克主動開口。

「等等我要把整個經過重新回想一次，你暫時別打擾我喔。」

「好啊，我也要再想一下。」

迪亞克調整好自己的坐姿，接著把視線移向登機門。

他想像著自己從那扇門入境，並以此為起點，進行了這星期的一切旅程。

等到回憶結束，距離登機時間只剩下最後十分鐘了——而且這還不包括提前登機的情況。一旁的克也此刻正搖晃著身體，眉頭揪成一團，看來還在努力跟謎題奮戰，迪亞克也很有默契地不去打擾他。

不知為何，迪亞克在回憶的過程中，隱約覺得好像有些地方不太協調。不過他還沒來得及仔細確認，克也就已經停止晃動，並且發出一聲嘆息。

「不對，應該不是這樣。」

克也用手摳著腮毛，語氣煩躁地說：「我記得導覽手冊上面說他們有本館跟分館兩個區，所以我本來以為或許是因為我們住在不同區，然後這兩邊有一樣的設施，只是在細節上有些出入才會這樣……可是這根本不可能吧，沒有遊樂園會無聊到蓋兩座一樣的設施，這是自己和自己搶生意了，而且我也不記得導覽上印的設施有重複……」

克也滿面愁容，就連尾巴和耳朵也跟著垂了下來，顯見他對即將到來的失敗十分挫折。

「分館？那裡有分館嗎？奇怪，我好像沒看到啊……」

迪亞克再度進行回想，接著靈光一閃，發現了一個新的答案。

這個答案非常簡單明瞭，甚至讓他懷疑自己怎麼沒有馬上想到，不過他很快就明白其中原因——因為這種事情的發生機率微乎其微，所以他當初雖然有稍微察覺，卻連想都沒想，就直接把它給排除掉了。

仔細想想，不管答案的可能性有多低，都應該要試著研究一下才對。即使最後發現它真的錯了，說不定也能在討論過程中得到新的啟示。

既然已經打定主意，迪亞克也不再猶豫，他對抱頭苦思的克也說：「我剛剛突然想到，我在遊樂園聽見工作人員說，這幾年有其他業者跑來競爭，會不會是你們弄錯地點，跑到別的度假村去了？」

「跑到別的地方？」

克也瞇起眼睛，似乎在評估這件事情的可能性。

「對啊。我在想喔……如果你們其實是待在其他的遊樂園，然後完全沒發現這件事情，就這樣維持誤解直到離開，你認為有沒有可能？」
「這……」
「拜託，這種事情還需要想，根本就不可能啊。」
犬獸人帶著苦笑，插進了他們的談話。
「每個度假村都會把他們的招牌掛在大門上，園區裡也到處都有牌子寫著自己的名字，就算真有人跑錯地點，也不至於把度假村的名字給弄錯吧。」
「不……等等，等等。」
克也此時突然舉起手，制止犬獸人的發言。
「老實說，一開始發現問題的時候，我最先想到的也是這一點，只是因為那理論上不可能發生，所以我才沒提。不過，如果光從結果來看，這個假設確實能解釋很多事情，也許我們真的該檢討一下這種可能性。」
「對吧？」
迪亞克很高興，學弟的認同讓他信心大增。他把問題重新順理一遍，然後趁著這股氣勢說了出來：「好，我們先不管名字的問題，就假設大家因為出去玩太興奮，所以眼睛只放在遊樂設施上，四周印的字都沒去看。在這種情況下，你覺得有可能走錯目的地嗎？」
他滿懷期待地看著對方，只見狼人嘟起嘴悶哼幾聲，接著搖了搖頭。
「還是不可能，因為我們是照著衛星導航的地圖走的，而且事前也上網看過簡介跟照片，設施內容都和官網上貼的一樣，所以不可能弄錯。」

克也說完，隨即露出想到什麼的表情。

「說不定跑錯地方的人是你，學長你確定自己走的路是對的嗎？」

「當然。為了避免弄錯路，我在快要開到度假村的那條路上，還特別問了一個路人『兩年前新開的西理斯因村要怎麼去』呢。啊……不過他當時正躺在一張椅子上，好像是對著馬路做日光浴，也許不能算是路人……」

「為什麼要問路人？學長你沒有地圖嗎？」

「因為我買到的地圖是舊的，上面少畫了一個十字路口。」

「也許被你問到的人根本不知道路，就隨便給你指一條了。」

原先默不作聲地坐在一旁的虎獸人，此時插進來對迪亞克說道。

「這也不太可能，因為我就是照他說的往右手邊那條路轉，然後一直往前走就到了。而且我前一天還打電話到度假村去預約房間，到了以後也確認過他們有我的訂房紀錄，如果我跑錯地方，這個預約又要怎麼解釋？」

「那我們也一樣啊，我們也是事先訂好房間，櫃台那邊也有紀錄，完全沒有質疑的餘地。」

克也晃著腦袋回答他。

「唉，這種事情果然還是不可能嗎？」

迪亞克再度陷入沉思，而克也則像是突然出神一般，露出放空的表情，眼睛隨意望向虎獸人拎在手上的紀念品——兩座老鷹與獅子的雕像。

（等等，我記得昨天在遊樂區的時候，好像有某件事情不太對勁，搞不好跟這件事情有點關係，是什麼時候出現的……）

「啊！」

沒多久，他們兩個同時叫出聲音來。

「幹什麼？突然這麼異口同聲地……」

虎獸人和犬獸人愣愣地看著眼前的龍人與狼人，只見他們倆正對彼此露出滿足的笑容，彷彿一切的問題都已經迎刃而解了。

11

「學長，你先說出你的結論吧。」

克也客氣地說。

「這個……我實在有點說不出口，還是你先講吧。」

迪亞克以同樣的語氣回應道。

「好吧，那就由我先開始，呃……」

克也像是要上台進行報告似的，深深吸了一口氣。

「我用一個問題來說明好了，聽好喔：假設現在有一個媽媽給了老大八千塊零用錢，給兩個小兒子六千塊飯錢，請問她一共要付多少錢？」

「這還用問？當然是兩萬塊啊。」

虎獸人說完後，犬獸人也點點頭表示同意。

「嗯，那學長呢？」
克也搖著尾巴看向迪亞克。
「一共是一萬四千塊。」
迪亞克微笑著回答。
「因為你剛才說的是『兩個小兒子六千塊』，並不是每人各給六千塊，換句話說，那六千是兩人份的飯錢，所以是八千加六千，總共一萬四。」
「這算什麼啊，這跟這件事情又有什麼關係？」
虎獸人滿臉疑惑地問。
「關係可大了，明明是同樣一句話，大家的解讀卻完全不同，這就是造成這次問題的起因。」
克也苦笑著看向迪亞克。
「也就是說，當學長向其他人問路的時候，他真正的意思跟你的解讀其實是完全不同的。我猜你應該是在十字路口前一小段距離問的路，對吧？」
「沒錯。」
「我就知道，你說你照著別人的指示『往右手邊那條路轉』，我就覺得這句話聽起來很怪。我猜他當時應該是說『右手邊那條路直走』吧？既然那個人面朝馬路，那他的右手邊就是跟馬路平行，換言之，他其實是要你往前直走。只是因為前面有個十字路口，所以你就以為他是在叫你右轉了。」

「等一等，轉錯彎這件事情我可以理解，但是名字的問題呢？在進入園區的時候，就應該會發現自己走錯地方了吧？」

犬獸人不解地問。

「就是啊，而且你們的聊天內容居然還能夠銜接得上，這也太誇張了，難不成還有另一個西理斯因村？」

虎獸人也提出質疑。

「當然有啊！」

迪亞克表情認真地點點頭。

「這個問題用寫的來說明比較清楚，克也。」

迪亞克從行李箱裡找出紙跟筆交給克也，接著說：「幫我把你這幾天去玩的地方寫下來。」

「我知道了，學長。」

克也接過紙筆，快速在上面寫了幾個字，迪亞克也拿出一張新的紙條，並用另一隻筆在上面寫了些東西，

「好了。」

克也把東西還給迪亞克，迪亞克拿起兩張紙條互相比對，接著點點頭。

「果然沒錯。」

迪亞克嘆了口氣，然後將紙翻過來，讓大家看清楚上面所寫的內容。

「你們看，我的是西理斯因村，但克也寫的卻是『席里獅鷹村』。這兩個地方的名字雖然不

一樣，發音卻幾乎相同，這就是造成混淆的另一個原因。」

迪亞克一邊把紙折起來放回口袋，一邊繼續他的推理。

「當我在玩奇幻飛馬的時候，我聽見有個遊客說他覺得另一家的奇幻飛馬做得比較好，這句話一直讓我覺得不太對勁。因為就我所知，每個遊樂區的設施名稱應該都不一樣——即使是旋轉木馬或咖啡杯這種常見設施，也還是會取個特別的名字來加以區別。不過我那時也沒想太多，只單純認為是其他地方也有相同的遊戲。直到前面和克也聊天，我才發現，我們所處的遊樂區雖然名字跟設備聽起來差不多，卻根本是不同的地方。」

「你是說這兩個度假村不只名字發音很像，就連裡面的遊樂設施、還有設施的名稱也相同，怎麼會有這種事情？」

虎獸人懷疑地反問道。

「我懂了，因為有一邊是惡意剽竊的仿冒品！」

犬獸人恍然大悟。

「名字和外型類似，細節卻不一樣，這就是仿冒品的特徵嘛！如果不看抄襲這項事實的話，的確可以說有兩個相同的遊樂園。」

「因為遊戲玩法跟名詞都不受法律保障，而且設施內容也確實有差，所以就光明正大地使用了同樣的名字；但是園區名稱由於涉及到商標，因此採同音異字的方式來躲避官司——如果光是發音相同，字面意義卻不一樣的話，還可以硬拗是巧合，大概是這樣吧。」

克也跟在犬獸人的後頭分析道。

「我也是這麼想。」

迪亞克點點頭，把話接了下去：「話說回來，其實我更早之前就應該要發現不對了。因為有其他業者跑來競爭的事情，是西理斯因村的員工告訴我的，但是他當時卻用了『這幾年』這個詞。如果那裡真是兩年前才剛開幕，那員工怎麼可能會說出這種話？我想，那間度假村的建立年代大概還要再更老一些。

至於電話預約的問題，是因為酒吧裡的酒保向我推薦度假村的時候，是以口頭方式進行說明的。而我在翻電話簿的時候，又是用注音來查，電話簿跟字典一樣，一定是從筆畫少的字開始排列，結果就查到發音相同的西理斯因村了。」

「哦……」

虎獸人似懂非懂地點點頭，接著吃吃笑了起來。

「你還真倒楣，不但被路人指向錯誤的地方，就連電話簿也查錯號碼，結果完全沒發現自己跑到抄襲的度假村去……」

「不，我想事實可能正好相反，是你們去的這個新度假村才是抄襲的。」

迪亞克搖搖頭，否定了虎獸人說的話。

「酒保告訴我，這個新度假村在開幕時曾不斷上新聞。起先我還不覺得有什麼問題，但是仔細想想，開幕這種小事情，頂多只會在媒體上報個兩天而已，不太可能會多到讓人有『不斷上新聞』的感覺，除非是發生醜聞，才比較有可能會持續被媒體追新進展。

我想，這個新度假村大概一開始就是抱著搶生意的心態來蓋的，不然也不會把設施全都做得差不多了。如果是西理斯因村看到生意變差，所以才動工改建去抄襲對方的話，至少要幾個月才能完工，這樣一來，新聞也不會在開幕的時候出現了。之所以會用同音字來取名，除了可以躲避侵權官司，另一個原因，則是為了讓別人在聽到稱讚西理斯因村的話時，搞不清楚到底是在說誰，進而搶到更多的潛在顧客。」

講到這裡，迪亞克也想起了西理斯因村裡那些老舊的裝飾與建築。當初他還以為那是刻意營造的效果——就像城裡的房子會配合古蹟的外觀進行建設，現在回想起來，也許那些東西真的就像它們看起來那麼舊，而這也是讓他感覺不協調的真正原因。

「可是學長，這種做法也可能會反過來幫到原本的西理斯因村啊。」

克也疑惑地問。

「不會的，因為一般人總是比較傾向於先去新地方嘗鮮，況且他們又加了一些原本沒有的設施——像是飛天釀酒桶或超級碰碰球之類的遊戲。不是有句廣告詞說『比較過才知道好』嗎？即使有人跑到舊的西理斯因村，只要他們發現那裡沒有這些新遊戲，那麼下一次還是會去新的遊樂園玩。」

說完這一大堆話之後，迪亞克長長地吁了口氣。

「當然，這只是我的猜測而已，還要查查看才知道是不是真的。」

迪亞克頓了一下，補上剛才忘了說的話。

「好啦，反正事情已經弄清楚了，我們也不需要再去想這些。誰抄誰其實都無所謂，只要好玩就行了嘛。」

虎獸人聳聳肩說道。

「對啊，光是能像這樣和學長進行討論，我就已經很滿足了。」

克也搖著尾巴，笑嘻嘻地跟著說。

「搭乘巖山航空六零六班機，下午十四點整往航空城的旅客，請由六號門登機。」

「搭乘震都航空七一三班機，下午十四點整往八龍市的旅客，請由七號門登機。」

天花板上連續響起兩聲廣播，讓迪亞克他們反射性地抬起頭來。

「要登機了，學長，我們要回去了。」

克也一邊說著，一邊把背包重新背回身上。

「好，我們一起走吧。」

迪亞克點點頭站起身來，接著他們提起行李，往各自的登機門前進。

12

「獵燄，烤肉醬放在哪裡？」

儲藏室裡站了一位白貓獸人，一邊挑選著置物架上的瓶瓶罐罐，一邊向左後方那個有著白頭髮與白眉毛、全身湛藍的鯊魚獸人問道。

「就在右手邊啊。」

獵燄頭也不回地回答。

「右邊沒東西啊？」

「怎麼會沒有？」

獵啖擠到白貓身旁，伸出手在架子上進行一陣粗魯的翻找後，拿起其中一個瓶子說：「有啊，在這裡啊。」

「先生，那叫『正前方』好嗎，東西是擺在我前面這個架子上耶。」

白貓的眼睛瞇成了一條線，語氣僵硬地對鯊魚人說。

「哎呀，右手舉起來的方向，不就是『右手邊』嗎？」

「哪有人像你這樣的，隨便用右手指一個方向就說是右手邊。要是有人跟你問路的話，肯定會弄錯方向。」

「胡說，我都已經講得這麼清楚了，哪有可能會弄錯嘛。」

話才出口，獵啖便想起前兩天剛好有人跟他問過路。當時他也沒仔細看，不知道那個人有沒有走對路……一定不會錯的吧，畢竟他當時還把自己的頭往右邊撇了一下，任誰看了都知道是往前直走的意思嘛。

火與冰的回憶

這篇是我投稿第五屆野萃文學誌的作品，後來經過一些修改，又拿去參加第十六屆台灣推理作家協會徵文獎。因為當時的徵文主題是「節日祭典」，我想正好可以拿另一個故事裡提到的降神會來用，所以就把這篇寫成續集，跟迪亞克的旅行故事成為系列作。

小說裡提到的裝置，是我小學時在一本科學漫畫上看到的，因為我很喜歡這類機關裝置，所以對這樣東西印象深刻。而劇情的主要發想是來自於《偵探學園Q》這部漫畫裡的「超能力者殺人事件」——當主角們在討論案情時，曾經猜測兇手是否可能把超能力和機關做結合。這個構想一直讓我躍躍欲試，在我想好主題是降神會的時候，我就決定要在這篇故事中將它實現。

舞蹈的音樂部分其實有各自的參考曲目，在寫故事的期間，我一直反覆聽那幾首曲子來保持感覺。狼人的跳舞形象也同樣有參考依據，如果有人對這感興趣的話，可以在YOUTUBE上搜尋一下，有很多以「東京放學後召喚師」這款手機遊戲的角色「狼神神威」為主角的自製影片，差不多就像那樣。

1

「小迪哥，現在時間也不早了，趕快把之前的故事接下去吧。」

說完這番話之後，雷凱嚎滿臉期待的盯著迪亞克。

「對啊，我們從晚餐前就一直在等，也差不多該繼續了。」

雷翼陣也點點頭表示同意。

「哦……好啊，我想想看喔，剛才我講到哪裡了？」

迪亞克一邊抓抓他的灰髮，一邊看著眼前這兩個年輕的後輩——雷翼陣是個身材瘦小的獅獸人，有著鮮黃色的毛皮以及橘色的頭髮；而他身旁的雷凱嚎則跟迪亞克同樣都是龍獸人，只不過他的皮膚是翠綠色，不像迪亞克是鮮紅色的。

所謂的獸人，就是擁有動物的外型與特徵，身材卻跟人類一樣的生物。而獸人的種族雖然比人類更多，但影響的也只有外貌而已，並沒有某個種族一定要做某種工作之類的事情。好比說他們三個，就全是在職的現役軍人：迪亞克是參謀團的指揮官，雷翼陣和雷凱嚎則是騎士團的成員。

儘管所屬的部隊不同，他們彼此之間的關係卻相當好，這次他們兩個聽說這位前輩去國外旅行，便趁著放假的時候纏著迪亞克，要迪亞克把旅行經驗分享給他們聽。

迪亞克原本正坐在客廳裡的一張長沙發上看電視，他一聽到雷翼陣和雷凱嚎的催促，就拿起遙控器關掉電視。緊接著，他將身子往椅背上靠去，口中細數先前講過的故事內容。

「嗯……一開始我先去圖書館，接著到震都的各個名勝景點去參觀，再來是去逛魔法工房，然後又進入了國立魔法博物院……」

「就是這裡，之前就是講到博物院。」

雷翼陣插嘴說道。

「不對啦，還要再後面一點，已經離開博物院了。」

雷凱嚎出聲糾正他。

「是嗎？我怎麼記得還剩一些地方沒有說到……算了，我們直接從下一段開始好了，反正博物院的展覽方式都差不多嘛，只是內容不一樣而已。」

迪亞克聳聳肩，繼續述說他的故事。

「離開博物院以後，我的下個行程是準備到一個叫做普羅納的村落。雖然那裡地方不大又有些荒涼，卻是某個知名魔法團體的發源以及根據地。而我這一趟的主要目的，就是想參觀他們每年都會舉辦一次的『降神會』。」

「降神會？是像降靈會那樣的聚會嗎？」

雷凱嚎疑惑地問。

「不太一樣。一般的降靈會是以呼喚靈魂為主要目的，但這個降神會卻是類似祖靈祭的大型慶典。真要說起來，『降神會』這個詞其實有點不太正確，因為這項活動主要是在祭祀神明，所以應該要稱呼它為『降神祭』才對。不過為了方便起見，我們還是沿用人家的稱呼吧，反正知道其中的差別就好。」

「原來不是召喚神明的集會喔，害我剛剛還期待了一下。」

雷翼陣露出失望的神情。

「嗯……我沒有說他們不會召喚神明啊。雖然是以祭祀為主，但他們一樣會舉行降神儀式來召喚神明。不過當時我完全沒想到，這種古老的傳統活動，居然也能引發一樁奇妙的謎團，而且還是我目前所遇過最特別的呢。」

迪亞克故作神祕地挑了挑眉毛，開始回憶起那段難忘的經歷。

2

走出博物院大門的時候，時間才剛過下午兩點。迪亞克一邊回味著剛才欣賞的展覽內容，一邊往停車場的方向走去。

由於今天來博物院參觀的遊客並不多，因此迪亞克一整個上午都很自在地站在展示物前面，愛看多久就看多久，完全不用擔心被人打擾，中午也不需要花時間排隊與找空位用餐。即使有幾個展示櫃目前正暫停開放，不過，光是能在不必人擠人的情況下自由參觀，已經算是值回票價了。

迪亞克今天穿的是短袖休閒服和白色短褲，他摸了摸光滑的皮膚後，覺得自己應該加件外套。儘管目前是萬里無雲的大好天氣，但微風徐徐吹撫到身上，還是會令人感到些微寒意。

正當迪亞克準備打開車門時，不遠處突然傳來「碰」的一聲巨響，把他嚇了一大跳，手中的鑰匙也差點掉到地上。他轉過頭，發現聲音來源似乎是附近的一輛廂型車，而駕駛與副駕駛座的乘客先是驚慌地四下張望，接著跳下車子，一齊低頭看著扁掉的輪胎。

「不會吧，怎麼剛好在這種時候爆胎，這下慘了啦。」

原先坐在駕駛座上，身穿短袖汗衫與牛仔褲的紅毛狼人嘔著氣說道。

「也許這就是巴瑞安的旨意吧，叫我們不用再浪費力氣了。」

從副駕駛座出來的是一位相同打扮的藍毛狼人，他的臉上也同樣充滿了沮喪之情。

「抱歉，你們是不是在趕時間？」

雖然迪亞克與對方互不相識，但他還是發揮自己喜好助人的個性，關心地開口詢問。

「如果很急的話，我可以幫忙載你們過去。」

說著，迪亞克朝自己的汽車比了一下。

兩個狼人彼此對看一眼，接著紅毛狼人有些遲疑地說：「可是我們要去的地方是普羅納村，那邊蠻偏僻的……」

「喔喔，那就正好順路了，我接下來就是要到那裡去，我要去參觀他們今天晚上舉行的降神會。」

迪亞克怕對方以為他是想藉機搭訕的壞人，趕緊補上後面那句加以說明。這招果然發揮效用，藍毛狼人看了他的搭檔一眼後，隨即出聲笑道：「看來神還沒有打算完全放棄我們。好啊！既然這麼巧，還有什麼好拒絕的呢？就麻煩你載我們一程吧！」

「別光顧著高興，我們得先把車上的東西挪過來才行，不然空著手回去也沒意義。」

紅毛狼人輕聲嘀咕著。

迪亞克打開後車廂，讓對方把幾個紙箱從廂型車搬進他的車子裡，接著他們便一起坐上車往普羅納村出發。

「不好意思，還沒問你怎麼稱呼。」

坐在副駕駛座的紅毛狼人客氣地問。

「我叫迪亞克。」

迪亞克微微轉頭回答道。

「我是法斯沃，他是艾爾多。」

紅毛狼人用手分別指了指自己跟後座的藍毛狼人，接著又問：「你應該不是本地人吧？我看你後面還帶了一大箱行李，你從哪裡來的？」

「我是從八龍城來的。」

「從那麼遠的地方跑過來啊，那我們這次可要努力點，免得讓人家失望了。」

艾爾多從後座對著前頭的法斯沃眨眨眼睛。

「你說失望……難道你們是負責籌備降神會的工作人員嗎？」

迪亞克好奇地猜測。

「差不多啦，我們是負責在降神會上跳舞以及擔任神之化身的祭司。剛剛我們不是搬了幾個箱子，裡面裝的就是儀式要用的東西。」

法斯沃聳聳肩說道。

「原來你們是祭司，還真是看不出來……可是，你們不是忙著把東西拿到村子去，為什麼會跑到博物院來呢？」

「因為那些東西都放在博物院裡展示啊，而且當初又跟人家說好，降神會當天才能把東西拿走，所以只能趕在今天跑過來討嘍。」

迪亞克這才明白，原來今天有幾個展示櫃之所以會暫停開放，就是因為裡面的展覽品已經被他們拿走了，沒有東西可以展示的緣故。

就在這時候，艾爾多突然從後面拍拍迪亞克的椅背問：「對了，你會在村子裡待多久？有先跟民宿或是旅館訂好房間嗎？」

「有，我已經打電話跟旅館預約好了。我只住一個晚上而已，明天早上就會去其他地方了。」

迪亞克頭也不回地說。

「這樣啊，那待會我跟你一起到旅館去，住宿的錢由我來幫你出。」

「這……這怎麼好意思呢？我們才剛見面而已，又不是很熟……」

迪亞克大吃一驚，他沒料到艾爾多居然會如此招待他這位陌生人，趕緊搖頭婉拒。但是法斯沃卻在這時跟著說：「不用客氣啦，如果你沒載我們這趟，今晚的降神會說不定就得取消了。計程車通常都不願意跑那麼遠，就算想叫其他人從村子裡開車來接，時間也來不及，還好有你幫我們這個忙。有恩必報是佛萊歐的教誨，既然現在有機會，就讓我們為你盡點心力，不然等你明天離開村子，我們就沒辦法報答你了。」

「既然這樣，那就謝謝你們的好意了。」

迪亞克並不覺得自己有那麼偉大，不過對方既然想表示心意，堅決不肯接受的話，就太不識抬舉了。

忽然間，迪亞克覺得有個地方似乎怪怪的，於是問身旁的法斯沃：「你們信的應該是同樣的神吧？」

「我們是信一樣的神啊。」

法斯沃點點頭說。

「可是他先前一直把『巴瑞安』的名號掛在嘴邊，而你提到的名字卻是『佛萊歐』，這兩個應該都是神的名諱，對吧？如果你們講的是同一個神，怎麼稱呼方式會差那麼多呢？」

「哦，那是……」

「喂！喂！紅燈了，快停！快停！」

艾爾多尖叫著打斷法斯沃的話，迪亞克也在此時用力踩下剎車，讓車子在路口前緊急停下。當他們三個被安全帶的反作用力拉回到座位上的那瞬間，一輛沒減速的大卡車也從他們面前呼嘯而過。

「幸虧有神明保佑，你還是先專心開車吧，等回到村子以後我們再聊。」

艾爾多大嘆一口氣說道。

3

大約三個小時的車程之後，他們一行人終於到達普羅納村。迪亞克先將車子開到降神會的場地，讓法斯沃和艾爾多把東西交給其他的祭司，然後再繞到旅館去放行李。

雖然降神會要到晚上八點才開始，但是因為祭司在執行儀式前必需先做淨身跟祈禱，而且也有不少雜事等著他們兩個去處理，所以艾爾多他們大概五點半左右就得離開。在那之前，他們還有一點點時間可以擔任嚮導，於是他們一邊用步行的方式朝會場前進，一邊替迪亞克介紹降神會的歷史以及活動內容。

「這個村子已經有很多年的歷史了，目前住在這裡的，幾乎都是這片土地的原住民。而我們這些原住民又分為兩大種族，一個是擅長火魔法的旺族，另一個則是擅長水魔法的清族。」

當他們走出旅館後，法斯沃開始為迪亞克進行解說。

「在信仰方面，我們同時供奉著兩尊神明，一個是火神佛萊歐，另一個是水神巴瑞安。據說這兩位神明原本都是普通的狼獸人，而且兩個族群在遠古時期的關係其實並不好。但是因為後來發生天災，佛萊歐與巴瑞安通力合作，犧牲自己解救同胞，大家被祂們的精神給感動，所以兩族就合併成一個村子，而祂們兩位也成了村子的守護神。」

「不過嘛，大家對自己的族人總是抱有特別的情感，因此旺族比較傾向於祭祀佛萊歐，而清族則是以巴瑞安為主要的崇拜對象。所以你就知道，為什麼我們提到的神都不一樣了吧。」

艾爾多也在此時插嘴說道。

「哦……簡單的說，就是水族專拜水神，火族專拜火神，對吧。」

迪亞克先是若有所思地點點頭，接著突然笑著說：「這麼說來，你們兩個的毛色該不會也是為了配合自己的信仰而選的吧？紅色就是用火的旺族，藍色就是用水的流族，這樣還蠻好認的啊。」

他只是想開個玩笑而已，不料法斯沃卻露出驚訝的表情說：「咦？你居然知道啊？」

「什麼？真的是這樣嗎？」

「對啊。」

法斯沃一邊摸著自己手臂上的毛皮，一邊說道：「擔任神之化身的祭司，每個禮拜都必需要用一種特別的藥劑來泡澡，這種藥會增強我們的法力，也會改變身體的毛色。旺族做的會變紅，流族做的會變藍，不過我們的毛皮本來就是這兩種顏色，所以也沒變多少。」

迪亞克這下可笑不出來了。沒想到自己隨口說出的話居然成了事實，看來要用不了解的事物去開玩笑的時候，還是謹慎一點比較保險。

為了掩飾自己的窘態，迪亞克趕緊拋出下個話題來轉移注意：「那個……你之前提到好幾次『神之化身』，那到底是什麼東西？」

「那是祭司裡最特別的職位，同時也是降神會的主要重點。」

這回換艾爾多進行解釋：「為了對神明表示敬意，每年我們都會在祂們去世的那一天舉辦降神會。但是祂們有時候會忙於巡視村子而錯過表演，因此我們得先舉行降神儀式來呼喚祂們，然後再用跳舞的方式傳達感謝。

只不過，因為巴瑞安跟佛萊歐生前都很喜歡跳舞，所以祂們常常看到一半就忍不住下來一起跳，而這就是神之化身在降神會上要做的工作——把身體讓給兩位神明，讓祂們能附在我們身上重溫跳舞的樂趣。」

「不會吧，看到一半還自己下來跳什麼的……神也會做這種事嗎？」

迪亞克有些不太相信地說。

「真的、真的，有很多人聽到這裡都不太相信，不過這是真的。」

法斯沃一邊吃吃笑著，一邊把話接了下去。

「其實不光是降神會，只要祂們認為有需要，就會隨時借用我們的身體來發揮神力。換句話說，我們是佛萊歐與巴瑞安的現世替身，這是祭司的最高榮譽，不是每個人都能當的。」

「這樣不會不方便嗎？萬一在吃飯、洗澡、或是上廁所的時候被附身……」

「不方便也只能稍微忍耐一下啦。通常祂會附身在我們身上，就表示事情真的很緊急，像是趕著去救人，或是想警告大家馬上就有重大災難之類的……保護村民都快來不及了，這種小問題根本沒空去計較。」

「說到這個，有件事情我一直記得很清楚。」

艾爾多用手扶著額頭，臉上滿是無奈的苦笑。

「有一次我正在睡午覺，聽見四周有很吵的聲音就醒了過來，結果發現自己站在大馬路上，旁邊聚集好多人，還有消防車。我問了周圍的人，才知道原來我剛才衝進火災現場，把裡面的人全救出來，還幫忙滅了火。雖然大家都很感激巴瑞安大人的即時救援，問題是，那時候我連內褲都沒穿……」

「啊……這個我有印象，我還記得報紙拿你的裸照當頭條。」

法斯沃竊笑說。

「不過話說回來，這村子平常也沒什麼嚴重的天災人禍，所以臨時被附身的情況其實很罕見，大概一年不超過三次吧。」
艾爾多聳聳肩做出結論後，伸手指向不遠處說：「會場就在前面，你要跟我們一起進去嗎？還是想先在附近繞一繞？」
「都走到這裡了，當然是一起進去逛逛嘍。不先看看場地的話，怎麼知道要上那兒去佔個好位置來看你們表演呢？」
迪亞克毫不猶豫地回答，同時對身旁兩位新朋友露出燦爛的笑容。

4

會場的所在位置，就在巴瑞安和佛萊歐的神殿正前方。屬於神殿的這片土地就跟普通的公園一樣，先用矮柵欄標出區域範圍，然後設立一扇大型拱門當作出入口。區域內有一塊平坦的圓形廣場，平常空空蕩蕩，現在卻放了幾座大型探照燈、樂器以及火盆之類的雜物——因為這裡就是今晚要舉行降神會的地方。
迪亞克跟著兩個狼人的腳步，從大門口直直朝廣場的方向走過去。先前由於忙著開車的緣故，迪亞克沒空觀望四周，現在仔細看了一下之後，迪亞克發現廣場的左右兩邊各有一棟外觀相同的木造建築。建築物本身約兩層樓高，看來十分簡樸。大門則是彼此正面相對，並用顏料分別漆成紅色跟藍色。
根據艾爾多的解釋，這兩棟建築物就是巴瑞安和佛萊歐的神殿。雖然目前由於大門緊閉而看不見裡面，但兩邊的內部擺設其實是一樣的。之所以沒把祂們的神像擺在一起，是因為兩族都想要親自蓋神殿的緣故。最後經過協議，才決定讓兩位神明各自擁有一座神殿。不過大家又擔心自己被對方比下去，於是特別規定雙方的神殿都必須要弄得一模一樣，以示公平。

（搞了半天，就算合併成一個村子，大家還是會把人分開來算嘛。）

迪亞克邊聽邊在心裡暗暗嘆道。

「如果你想佔位置的話，最好早一點過來這邊，我想七點鐘左右應該就已經差不多了，再晚一些就只能站在人群後面。」

法斯沃用手將廣場對面的某塊範圍比劃出來，同時對迪亞克說：「降神會開始的時候，廣場上會全部淨空，一般民眾只能從廣場外面觀看儀式的進行，而且不能用閃光燈拍照，因為會干擾到我們這些祭司。我是比較建議站在離大門最遠的那塊地方，那裡的人潮通常比較少，採光也比其他位置來得充足一些。」

「不過會走到那邊去的大多是本地村民，所以你要是看到身邊有人突然跪下來祈禱，甚至是五體投地的話，可不要被嚇到了喔。」

法斯沃在一旁補充道。

走到廣場中央時，艾爾多突然轉頭告訴紅狼：「我要去巴瑞安那邊檢查一下神壇的狀況，順便看看其他東西弄得怎麼樣了，如果衣服和康特之箱都已經淨化好的話，我再把它們拿過來給你。」

「好，你先去吧。」

法斯沃點點頭說道。

「我還不知道神殿裡面長什麼樣子，可以一起過去看看嗎？」

迪亞克插嘴問。

「你想看的話，來我這邊好了，他去拿東西也不方便幫你介紹。」

法斯沃提出他的建議。

迪亞克頓了一秒才想起兩個神殿是一樣的，於是他應了一聲，便跟著法斯沃朝另一個方向走去。

儘管降神會目前仍在準備階段，迪亞克還是可以看見不少零星的觀光客正在周遭散步。他們穿越廣場，來到佛萊歐的神殿前面。迪亞克原先以為大門緊閉是因為神殿沒有開放，現在走近一瞧，發現其實有好些人進去又出來過了，只是門會在離開之後從裡面關上，才害他誤以為這裡一直是關閉的。

「這裡是佛萊歐平常休息的地方，當村民想求神明保佑的時候，就會來祭拜祂們的神像。雖然不見得每件事情都有求必應，不過只要是祂們能幫的，一定會盡力實現。」

法斯沃繼續介紹著，語氣中充滿了先前沒有的敬意。

「但在進去前也有個規矩，就是得先把祭壇上的火給點起來，然後站在門口向神明祈禱，如果這扇門自己打開了，那就表示佛萊歐願意接見你。」

法斯沃一邊說，一邊指向門旁一個高度約與腰齊的矮台座。

「祭壇裡面沒放燃料，想祭拜的人只能自己準備。以前點火是用木柴，但是現在不太好拿了，所以後來都改用酒精膏。巴瑞安那邊也是一樣，進去前要先貢獻一個大冰塊到祭壇上，等門打開之後才能進去。即使那邊的祭壇有做一條讓水流出去的渠道，不過離開時，還是必須記得把冰塊從祭壇上拿下來，丟到旁邊的排水溝裡，千萬不能留在上面。」

「那我沒有冰塊跟燃料，不就不能進去了？」

迪亞克疑惑地問。

「不用擔心，因為觀光客變多的緣故，所以旁邊現在都有準備罐裝酒精，直接打開一罐倒進去就可以了，對面也有人會幫忙用法術變冰塊出來。這兩項服務都不需要付錢，不過你要是願意，也可以捐獻一些表示心意。」

「原來如此……嗯？」

迪亞克順著對方的介紹，朝那張放了一堆罐裝酒精的桌子、以及坐在廣場對面的工作人員望去，接著突然皺起眉頭想了一下。

隨後，他轉向用來點火的祭壇。

「我可以看一下這個嗎？」

迪亞克走到祭壇旁邊，低頭看著裡面用來盛裝燃料的鐵盤。然後又移動到神殿大門前，仔細觀察大門跟柱子的構造。

這扇門外觀看起來很結實，不過木材卻很輕，只要一摸就能發現它的內部是中空的。由於大門看起來並沒有防火功能，迪亞克猜測這是為了減少重量。

「不會吧。」

迪亞克再度繞回祭壇前面，小心地將手指伸進去試試溫度，然後在盤面上輕敲兩下，並且仔細傾聽鐵盤所發出的清脆共鳴聲。

緊接著，他像是發現寶物似地笑出聲來。

「我的天啊，這是古代的自動門哪。」

迪亞克有些不可置信地對身旁的狼人說道。

「哦？」

法斯沃挑起一邊眉毛。

「我以前曾經在書上看過，有些古代的神廟或宮殿會裝上自動門，而這種門的原理就跟現代的虹吸式咖啡壺一樣：利用火加熱底下一個密閉的罐子，罐子底部裝一些水，再用一條管線插進水與另一個空桶之中。等罐子的空氣膨脹後，就會把水推進空桶裡，而空桶裝水變重後，就會帶動柱子裡的繩索把門拉開。等到上方的熱源消失，底下的空氣又會重新收縮，把水從空桶再吸回來，門就自動關上了。我還以為這種東西早成歷史了，沒想到居然能看到實物。」

迪亞克滔滔不絕地說著，有如在會議室裡講解作戰計畫一般。

「可是對面放的是冰塊，你說的方法應該不能用吧？」

法斯沃朝對面的神殿瞄了一眼。

「雖然書上沒提，不過我猜那邊利用的應該不是空氣，而是類似液壓系統的裝置吧？當祭壇上湊齊足夠的重量，就會緩慢地把水推進空桶裡打開門，等到擺在上面的冰塊拿走後，門又會慢慢關起來——我不知道這部分是利用虹吸原理還是真空效應，不過應該也是個會讓水流回去的設計。」

法斯沃臉上出現欽佩的表情。

「迪亞克先生，你好像是個很聰明的人。」

法斯沃的語調突然變得有些奇怪，似乎正在對迪亞克進行某種評估。

「你不只將看過的資訊套用到現實，還能用同樣的東西去推測未知的部分。你猜得完全正確，真的很了不起。」

「還好啦。」

迪亞克謙虛地笑笑。

「呃……」

法斯沃沉默了半晌，接著抬起頭，以異常認真的語氣對迪亞克說：「我知道這樣要求有些突然，但是能拜託你再幫忙我們一次嗎？」

「好啊，什麼事情？說說看。」

見對方這麼嚴肅，迪亞克也收起了他的笑容。

「是非常重要的事情。」

法斯沃臉色凝重地說道：「雖然這麼說對你很不好意思，不過這件事情真的只能靠你了。如果你不願意幫忙，或者是沒辦法解決的話，今年很可能就是我們最後一次對外舉行降神會了。」

5

「等等，如果你是想討論降神會的營運事宜，那應該要跟你們自己人商量才對啊。」

迪亞克皺著眉頭說道。

「不，我想說的不是營運的事情。」

法斯沃看看手錶，然後說：「我先來開門好了，反正你本來也想看看神殿裡長什麼樣子，我們就進去裡面談吧。」

狼人拿起桌上的酒精，一口氣打開三罐倒進祭壇裡面。接著雙手一捧變出一顆火球，並以恭敬的態度將火球放進祭壇內。祭壇的火被點燃後，法斯沃低下頭站在門前祈禱，沒多久，大門就朝左右兩邊緩緩開啟。

「通常是只用一罐就好，不過這次情況特殊，所以我放多一點。」

法斯沃把門邊一塊寫著「每次參拜限五分鐘」的牌子翻過去，換成「目前暫停開放」的字樣，然後走進神殿，迪亞克見了趕緊跟上。

神殿的內部還算寬敞，不過擺設卻有些簡單——面對大門的位置擺了一張巨大的桌子，上面放著一尊深紅色的狼人神像，還有兩座燭台、一個薰香爐、一盒打開過的長蠟燭、以及幾盤作為供品的食物。神殿的四周都沒有窗戶，只在靠近屋頂的部分開了幾個拳頭大小的通風口。角落則放了個看起來像是火盆的陶瓷工藝品，旁邊還有一塊靠牆而立的方形皮坐墊。

「神殿裡面大概就是這樣了，沒什麼特別的。」

法斯沃伸手拿起兩根蠟燭，插到燭台上點著，接著朝神像拜了一下，轉過身對迪亞克說道：「你要不要也來拜一下，跟神明打個招呼。」

迪亞克照著對方的動作拜了幾下，然後問：「好了，你前面說要我幫忙，到底是怎麼回事？」

「我不知道該怎麼形容這件事情……」

法斯沃嘆了口氣，開始解釋他想要迪亞克幫忙的事情。

「我們村子由於地處偏遠的緣故，商業活動並不發達，再加上這裡也沒什麼特殊景點，因此很難發展觀光事業。過去大家都可以自給自足，所以日子還算過得去；但是隨著時代進步，做什麼都需要錢，我們又沒辦法跟人家競爭，這裡就逐漸變得蕭條了。即使我們這些祭司在外面闖出了一些名號，想光靠一個團隊就維持整個村子的營運，還是太勉強了些。

為了讓這裡能稍微繁榮一點，我們在徵求兩位神明的同意後，決定把原本不公開的降神會拿來當作招攬遊客的題材。這個方法確實有效，雖然只有在降神會的這幾天才能明顯感受到人潮，至少提升了外人想來的意願。可惜，我們把事情想得太簡單了。儘管商機的確增加不少，卻也讓許多我們從沒想過的問題跟著發生了。」

「啊……」

迪亞克微微張開嘴，他覺得自己好像能猜到接下來的發展。

「既然客源有限，店家當然只好互相競爭——畢竟各家收入是分開算的，有時難免就會發生一些衝突，不過這還算小事。有些外地人看村民老實，就用各種手段來佔我們便宜。為了生意，大家也只能勉強忍受，但是觀光客的舉止卻越來越離譜。不只在價格上討價還價，還做出各種難以想像的脫軌行為。

像我們放在外面的那些酒精，明明是用來進行儀式的東西，卻有人覺得不拿白不拿，然後就偷摸好幾罐想帶回家；有的人則是偷偷在牆壁上簽名留念，害我們只好拿油漆把那塊重刷一遍；

至於亂丟垃圾的人就更多了，扔在廣場或塞進樹洞的人都有，甚至還有留在神殿裡的。
最後佛萊歐和巴瑞安終於忍無可忍，於是降下神諭——除非有人能破解祂們提出來的問題，否則禁止我們再把降神會對外公開。要是我們無法達成要求，又不願意取消公開降神會的話，以後祂們就不會再出現了。」
（果然啊。）
迪亞克在心裡嘆息著。遊客破壞環境的消息也算是時有所聞，不過搞到連神明都看不下去，他倒真是頭一回聽說了。
「所以，你希望我幫你們解開這個謎題嘍？」
迪亞克問。
「對，而且是非你不可。」
法斯沃用力點點頭。
「佛萊歐當初提出問題的時候，特別規定說只能由參觀降神會的外地人來負責解謎，而且機會只有一次，答錯了就算失敗。此外，祂只願意等到第三次的降神會當天。今年已經是第三年了，如果過了今晚十二點還答不出來，我們就不能再用降神會來當招牌了。」
「這麼說，我這次來得還真是時候。」
說完，迪亞克朝神壇的方向看了一眼。
法斯沃也朝同樣的方向看去，接著露出難過的神情。
「雖然大家都對神明發怒的事情感到過意不去，也覺得繼續開放降神會給外人參觀的話，會很對不起佛萊歐跟巴瑞安，可是這對村子的影響真的很大，所以我們也不能說放棄就放棄。既然你在這個時候出現，那就表示神明還是願意給我們機會的，請你幫我們這個忙好嗎？」

（就算是最虔誠的祭司，一旦牽扯到金錢，也還是得向現實低頭啊……）

看到法斯沃那副左右為難的模樣，迪亞克不禁感慨起來。

老實說，迪亞克對這件事情還真有點興趣。儘管他很怕自己能力不足而影響到全村的生計，但他更想知道這兩位狼神究竟提出了什麼樣的問題。況且，紅狼對自己寄予如此厚望，他也不想辜負人家的期待。

看看法斯沃的誠懇目光，再想想汽車爆胎時，艾爾多那認為他們已經被神拋棄的沮喪表情，迪亞克覺得自己似乎沒什麼好考慮的了。

「我試試看吧。」

迪亞克微微點著頭，正式接下神的挑戰。

6

「我先大概講一下降神儀式的流程，這跟佛萊歐的問題有關。」

聽到迪亞克答應幫忙的承諾後，法斯沃的態度也變得輕鬆許多。他再度低頭確認時間，然後才繼續說道：「剛開始，我們會先念一段咒語，等念到一個段落之後，我和艾爾多會在祭壇上變出火與冰來打開神殿大門——順帶一提，門後面其實有裝一個卡榫，可以防止門在降神會進行途中關上，這也會在儀式開始前被打開——而其他祭司也會配合我們持續念咒施法，一直到咒語全部念完後，整個儀式就結束了。」

「聽起來蠻簡單的，那……問題在哪裡？」

迪亞克問。

「問題就出在施法開門的過程上。」

說著，法斯沃突然露出想起什麼似的表情問：「你知道艾爾多待會要拿過來的康特之箱是什麼嗎？」

「不知道。」

「那是用反魔法物質做成的透明箱子。我們村子一共有兩個，它們的特性是防水防火、而且可以阻絕百分之九十五以上的法術效力。我們今天從博物院裡拿回來的東西就包括這個，這也是在降神儀式裡會用到的工具。方法是先用清淨儀式將它們淨化，然後罩在祭壇上面，這樣就算完成了。」

「呃……我對魔法這方面是沒有研究啦。不過，你用這種會阻絕法術的東西去罩住祭壇，然後再對祭壇施法，這樣變得出來嗎？」

迪亞克不解地問道。

「一般情況下當然是變不出來，不過我們有這個，所以沒問題。」

法斯沃摸了摸自己的手臂，然後又補充說明：「我們泡過藥浴後，毛皮就變成了施法媒介，能呼應我們的法力，並將接收到的力量增強二十倍。我們就是利用這點，在進行儀式前先把一些毛髮放進祭壇，然後再罩上康特之箱，之後就算法力被抵抗下來，只要靠那百分之五的力量就能使法術生效了。」

雖然這些陌生的術語讓迪亞克有聽沒有懂，不過他還是試著將它們轉換成自己能理解的內容：「你是說，就像是在一個會阻絕電波的箱子裡放進手機，然後再裝上一個只會對特定電波有反應、並且將它增強的接收器。所以就算電波傳進去後只剩下一點點，也會被提升到可以正常運作的程度？」

「對對對，就是這個意思。」

迪亞克的理解能力似乎替法斯沃增添了不少信心，他露出安心的表情，繼續說出問題的後半部分：「儀式全都是按照固定步驟進行的，從來沒做過一絲一毫的更改。但從三年前開始，這兩扇神殿的門就突然打不開了，不管我跟艾爾多再怎麼努力施法，說不開就是不開。

因為過去沒人遇過這種事情，所以大家也不知道該怎麼處理，只好先假裝沒事，把整個儀式照常跑完。等降神會結束之後，我們向神明進行請示，才知道原來這是祂們刻意顯現的『神蹟』，而這項神蹟就是祂們所提出來的問題，內容是要我們想辦法解釋：門為什麼會打不開？」

「等等，門打不開的原因有很多耶，難道這是有正確答案的嗎？」

迪亞克疑惑地問。

法斯沃點點頭說：「有！佛萊歐很明確地告訴我們，祂們用了某種辦法，讓這兩扇門在舉行儀式的期間無法打開。所以我們現在要做的，就是找出那種方法究竟是什麼，然後在神像面前把答案說給祂們聽。

另外，為了消除不必要的猜測，祂們也事先聲明過，這個方法絕對沒有用到隱形、穿牆或瞬間移動這類跟村子無關的法術。」
「原來如此。」
狼人的解釋讓迪亞克鬆了一口氣，既然這問題是由某種特定因素——假設神明沒說謊的話——所造成的，那他以往的思考方式應該也行得通。
「你們有檢查過裝置是否故障嗎？」
迪亞克開始試著過濾各種狀況。
「當然有。每次降神會開始之前，我和艾爾多都會先進來參拜，同時檢查大門的裝置是不是運作順利。而在門打不開的時候，我們也有立刻做確認，不過沒有發現任何異狀。我們還試著重新擺上祭品，門也運作得好好的，就好像先前的失靈不存在一樣。」
「你們不是要把自己的毛髮放進祭壇嗎，有沒有可能是份量太少，所以影響效果呢？」
「不可能。因為這些步驟都得在儀式上進行，為了方便起見，我們會在前一天晚上先把毛剃一小塊下來，然後用膠重新黏回去，這樣等到要用的時候，就可以直接將那片毛拔下來。雖然是拔一整片，不過它們的效果很好，只要一小撮就能發揮功效，儀式上使用的部分其實是遠超過必要的數量。」
法斯沃一邊說，一邊用手指當作界線，在手臂上劃出一塊不小的範圍。
「那有沒有可能是其他人接受神明指示，故意從中搞鬼？像是用他的法術來干擾你們的法術，就像電波互相干擾那樣？」
「那更不可能。首先，除非祂們附身在我們身上，不然神明只能跟祂的化身進行交談。而且祂們很重視村民，絕不會讓村民做這種有罪惡感的事情。至於外地人就更不用提了，事情本來就是觀光客引起的，現在又叫他們來搞破壞，這實在說不過去。

即使不提這些，你剛才說用法術來進行干擾的方式也是行不通的。因為我們的施法方式，是將法力——就是構成法術的基本能量——直接施在祭壇上面，讓法術在箱子裡成型，而法力本身不會像電波那樣互相干擾，一定要累積到一定強度——也就是變成法術之後——才能對物質造成影響。所以，就算有人想用法術來干擾我們，也會在康特之箱的阻礙下失敗。還有我前面忘了說，這兩個祭壇本身也是用反魔法物質製作的，因此藏在底下的裝置也不會被法術影響到。」

「也許可以用更簡單的方法，像是用手或是棍子從裡面頂住門……」

「絕對不可能！你自己也看到了，這裡完全沒有其他出入口，儀式又是在門前舉行，在這種情況下，外人根本沒辦法進出神殿。就算想爬上通風口，從外面往屋子裡動手腳，這麼明顯的舉動，一定會被周圍的人發現吧。」

「如果不要從通風口，直接在外面隔著牆壁施法呢？」

「沒辦法，光是讓法術越過牆壁成型就已經非常困難了，何況他還看不見神殿裡的情況，要怎麼精確地調整位置把門頂住？」

「就算別人不行，那你們自己呢？」

迪亞克心念一轉，又想出另一個問題：「如果神明在你們施法時附身，然後控制你們去做一些無法察覺的細微動作來讓法術失靈，或是在你們進行準備的時候偷動手腳，這樣有可能嗎？」

這次法斯沃的回答稍微慢了些，讓迪亞克覺得有點希望了，可惜最後他還是搖搖頭說：「我想不太可能，因為我們被附身的時候會失去意識，而且也不會記得當時發生的事情。但是在降神會的這幾天，我們整個過程都相當清醒，沒有記憶模糊的情形，所以應該不是這樣。」

「這也不行？這可真是考倒我了……」

迪亞克煩惱地搔搔頭，想再從狼人口中擠出一點線索，但他能想到的事情已經全問完了，一時不知道該說些什麼才好。

迪亞克不想害人家浪費太多時間在等待上，只好告訴法斯沃：「目前我還沒什麼頭緒，不然你先去忙你的事情好了，待會我再仔細思考一下，也許等看過降神會的實際過程後，我會有一些新的想法。」

「好，那就拜託你了。」

儘管法斯沃露出擔憂的表情，但他還是點了點頭，眼神中包含無限期盼。

7

降神會開始了。

迪亞克站在人群裡，目不轉睛地盯著廣場上的一舉一動。如同法斯沃的事先指示，這裡的群眾確實比其他位置還要少，因此不用擔心有人會擋住視線而害他錯失關鍵畫面。

雖然迪亞克已經知道降神儀式的大致流程，但當他親眼看見實際內容時，還是覺得十分震撼。包括神之化身在內，廣場上一共有十位穿著傳統服飾的祭司。他們手持不同的法器，以迪亞克沒聽過的語言來朗誦咒文。即使聽不懂內容，光憑祭司們整齊的吟唱節奏，也能讓迪亞克感受到這場儀式的莊重與嚴肅。

艾爾多和法斯沃彷彿正在跳舞一般，一邊閉著眼睛喃喃唸咒，一邊按照韻律去擺動自己的身體及法器。儀式進行了一段時間後，他們分別漫步到各自的祭壇前面，先用法器在手臂上比劃一陣，接著將法器擱在一旁，伸手拔起一大片狼毛放置在祭壇上。

緊接著，他們又對擺在地上的康特之箱念起咒語，並以固定的順序在箱子的前後周圍各點幾下，然後拿起箱子罩住祭壇。重新拾回法器後，兩位化身轉身移動至下個定位，繼續進行未完成的儀式。就在幾個複雜的動作結束時，法斯沃用手中的法器指向他負責的祭壇，只見祭壇上的狼毛髮出一絲細微的紅光，隨後便憑空燃燒起來，將事先放在鐵盤上的木柴給點燃。

（有了，就是這個吧？）

迪亞克不敢放過任何景象，拚命睜大眼睛把看到的一切都記在腦中。在法斯沃變出火焰的同時，艾爾多的祭壇也開始出現細小的結晶，然後逐漸聚合成保齡球大小的冰塊。

儘管正在為祭壇獻上供品，但他們的另一隻手也沒閒著。兩個狼人一面保持法器的穩定，一面用空出來的手打出幾種困難的指印，接著側過身子，同時朝彼此的方向使勁一推，一道漫長的火焰與霜塵立刻從他們掌中飛出，擊中祭壇上的康特之箱。

（這樣不會妨礙到火跟冰的功效嗎？）

這個念頭才剛閃過，迪亞克便想起法術是無法影響到箱子裡面的，而他也在這時候才明白，為什麼要拿特製的箱子罩住祭壇。

他重新把注意力放在儀式上，努力想找出任何不尋常的地方。他看到艾爾多的冰塊在火焰的炙烤下折射出點點紅光，也發現法斯沃的火球被霜塵包圍後透露出藍色光輝，可惜這些冰火交錯的景象炫目歸炫目，卻無法給他半點啟示。

除了祭壇，他也仔細觀察兩位神之化身、甚至是其他幾位祭司的舉止，不過沒有誰的動作特別可疑。就算雙手施法看起來很容易失誤，但法斯沃跟艾爾多已經做這儀式至少三年以上，實在不太可能因為技術失常而影響法術效果。

過了五分鐘，即使神殿大門仍舊沒有開啟，法斯沃他們也照樣停止了自己的法術，然後與其他祭司一同進行後續階段。就在咒語接近尾聲之時，祭司們像是在領受神諭般慢慢抬頭，接著以仰望向天的姿態高舉法器，並在同一時間發出響亮的呼聲，整個儀式就這樣結束了。

（不行啊，完全看不出問題在哪，怎麼辦呢？）

迪亞克猛敲自己的頭，不知道待會該怎麼答覆人家。

降神儀式完成後，兩位狼人開始脫去祭司服，換上輕便的飾物，準備表演祭神的舞蹈。其他工作人員也圍到廣場上，幫忙祭司們整理東西，並將祭壇上的冰塊與灰燼收拾乾淨。

在這短暫的空檔時間裡，迪亞克的頭腦一直飛快運作著。但是，不管他再怎麼努力思考，都想不出剛才的過程有任何動手腳的餘地。

別說是在舉行儀式的期間搞鬼了，打從降神會開始前二十分鐘起，整個廣場就已經被兩條封鎖線給隔離，範圍一路延伸到兩座神殿的門口。在場地淨空的情況下，任何不該出現的人只要跨進封鎖線之中，馬上就會被祭司們發現。而又因為沒有多餘的閒雜人等，所以若有某位祭司想靠近祭壇或神殿，也同樣會被其他人察覺。至於艾爾多和法斯沃，則是會待在神殿裡面做最後的檢查跟祈禱，直到儀式開始前三分鐘才出來，因此也不可能事先躲進屋內。

當然，迪亞克也曾考慮過神明親自動手——也就是所謂的騷靈現象——的可行性。可是法斯沃卻告訴他，無論是哪種神明，基本上都不能直接移動物品（不然也不需要祭司這種職業了）。即使真有誰特別神通廣大，最多也只能做到把自己的神像弄倒；或者在信徒問事的時候，讓他們擲出的兩塊小木頭停在想停的那一面罷了。

而法斯沃先前還讓迪亞克親眼確認過，自動門的裝置是由水管、水桶跟繩索組成的，光靠神明的「臂力」，恐怕沒法造成任何影響。況且法斯沃他們也會親自檢查裝置，肯定看得出被人動過的痕跡，因此這種假設很難成立。

一陣音樂聲轉移了迪亞克的注意力。他抬起頭，發覺第一首歌的前奏已經開始了。看著正在演奏的樂手們，迪亞克心想乾脆現在先暫時忘記這件事情，只要專心欣賞表演就好。也許等他心情放輕鬆，大腦就會運作得靈活些，說不定就能察覺到當初沒發現的盲點。

普羅納村的音樂十分優美，艾爾多和法斯沃的舞步也非常生動流暢。不管是轉身、跨步、揮手或是踢腿，全都與音樂的節奏配合得恰到好處。他們一連跳了幾首曲子，每次都深深吸引住迪亞克的目光，讓人忍不住懷疑他們的舞蹈是否也同樣帶有魔法。

幸虧歌詞已經改編成現代語言，因此可以知道曲子的內容是什麼：有一首是在歌頌故鄉、一首描述年輕人的情感、一首形容慶典活動……不過迪亞克不用聽歌詞，也能猜到其中一首是情歌。因為他們突然改用面對面的方式進行對跳，而且有許多舞步是相對的，就像一對戀人在互相交換自己的心意……

「咦？」

迪亞克不自覺地發出聲音。某樣事物觸動了他的思緒，也連帶勾起他對某件事情的記憶。他閉上眼睛，仔細回想剛才的感覺，並將那瞬間所抓到的靈感進行分析、假設，最後套回問題之中。

頓時，他明白之前看漏的部分了！

迪亞克猛然睜開眼睛，臉上緩緩露出如釋重負的笑容——他終於知道答案是什麼了。

8

晚上十點，廣場上用來舉行降神會的器材已經全部收走，遊客和村民也早已散去。趁著無人之際，迪亞克與兩位狼人一同來到巴瑞安的神殿前面，由艾爾多先行變出作為祭品的冰塊來開門，接著他們一起走進去。

儘管神殿裡有裝電燈，艾爾多仍舊點起了放在桌上的蠟燭，然後站到神像前面禱告：「巴瑞安大人，我們找到願意幫忙的外地人了，他已經準備好要來接受您的考驗，請您跟佛萊歐大人一起確認一下。」

語畢，艾爾多轉過來對迪亞克說：「沒問題吧，迪亞克先生？」

「沒問題，我隨時都可以開始。」

迪亞克毫不猶豫地回應道。

「拜託你了。」

法斯沃也點了點頭。他和艾爾多先前已經聽過迪亞克的答案，而且挑不出任何毛病，不過表情還是有些不安。

「嗯，接下來就交給我吧。」

迪亞克照著兩位祭司教他的方式對神像參拜，接著開始說道：「我是從八龍城到貴村來參觀降神會的迪亞克，今天應邀來解答兩位的問題。我不太懂與兩位的應對方式，如果在言詞上有所得罪，還請祢們多包涵。」

迪亞克才剛說完，一股冷氣立刻竄進神殿，令他忍不住打個冷顫。

迪亞克吞了口口水，繼續把話說下去：「兩位的問題真的非常有意思，在沒有肉體的前提下，如何讓兩扇不同原理的自動門同時失靈，而且還只限於降神會期間？為了找出真相，我向法斯沃確認了各種現場狀況，最後終於在親眼看過實際內容後，成功歸納出一個答案。

要解答這個問題，首先必須想到祢們可以隨時附身在化身的身上，其次就是康特之箱的防護並不是百分之百。當然，祢們的化身事後都會知道自己曾經被附身過，而且法術也只有在特定條件下才能穿過箱子。

但是，我在觀賞舞蹈的時候突然想到，法斯沃他們是利用身上的毛髮來作為媒介，讓法術可以在箱子裡發揮效用，如果其中有些毛被人互相交換的話，結果會如何？當他們互相用法術噴向對方的祭壇時，原本應該被擋下來的法術就會因此而維持效力。就算交換的毛分量很少，增幅的效果有限，也足以造成冰塊快速融化跟鐵盤急速降溫這兩種後果。既然冰塊融了、鐵盤不熱，那麼裝置自然也就不會運作了，這就是門打不開的原因。

如果艾爾多事後有仔細查看的話，大概就會發現冰塊大小有異了吧。雖然不見得能因此而解開謎團，至少可以多得到一點提示。可惜他和法斯沃當時正在換衣服，而工作人員忙著收拾雜物，根本不會特別注意要丟掉的冰塊，因此這件事情就這樣被掩飾過去了。

我也有證據可以證明這項推測。當他們對自己的祭壇施法時，我看到他們的毛髮因為呼應了法力而發光，但在彼此互噴法術的時候，原本應該只有紅光的祭壇卻發出了一絲絲藍光，而藍光的祭壇則發出紅光，代表他們的祭壇裡確實混進了對方的毛。

那要怎麼偷換艾爾多他們身上的毛呢？最簡單的方法就是直接附身，但法斯沃卻說他不記得有被附身過。我仔細思考了一下，發現其實有一個時間可以進行附身而不被察覺。因為當初只提到吃飯、洗澡跟上廁所，所以我一直看漏了這種可能性。事實上，祢們是可以在化身們睡覺的時候進行附身的——這一點在艾爾多提到他以前的經歷時，就已經有明確的提過了。

雖然被附身時會失去意識，但要是本來就失去意識，那他們當然不會發現自己曾經被附身過。只要想到這一點，剩下的問題就全解決了。祢們趁化身們睡覺的時候附在他們身上，然後把黏在手臂上的毛拔一些下來交給對方，用顏料染色後重新黏回去。到了隔天，門自然就會打不開，這就是祢們使用的詭計，也是問題的答案。」

說完所有的推理後，迪亞克深吸一口氣看著神像。他不知道接下來會發生什麼事情，也許會出現神像發光或是香爐著火之類的預兆吧？

然而，神殿裡什麼都沒發生，就在迪亞克想著自己是不是可以離開時，身後突然傳來一陣奇怪的聲音。他轉過頭，看到艾爾多和法斯沃正扶著下顎，發出類似苦笑的嘆息。

「講得不錯，想不到真有人能答得出來，了不起。」

艾爾多一邊點著頭，一邊將尾巴甩個不停。

「要是外地人都像你一樣，今天也不會弄到這個地步了。」

法斯沃也彷彿變了個人似地低聲說著。

「你們……是巴瑞安和佛萊歐嗎？」

迪亞克一瞬間就明白了現況。

「是。別緊張，我們是有事想說所以才現身的。你也不用太拘謹，只要別太誇張，我們不會計較那麼多。」

看到迪亞克匆忙行禮，佛萊歐輕鬆地擺擺手回應道。

「是、是嗎？」

迪亞克此時仍對神明突然出現一事感到驚魂未定，於是他放下雙手，想試著找點輕鬆的話題來緩和情緒。

「那個……我本來以為兩位在現身之前，會先讓神像會發光什麼的，沒想到祢們會直接附在法斯沃他們身上，所以有點嚇到，哈哈。」

「又不是明星登場，幹嘛做那種浪費力氣的事情？」

聽了這話，巴瑞安不以為然地回答道：「除非正在施展法術，不然我們離開神像是不會發光的。那是電視影集為了增加劇情效果，才會這樣演。」

「說的也是，那……」

迪亞克緊張地捲起尾巴，以謹慎的語氣問他們：「兩位特地現身，是要對我說什麼事情？難道說，你們想告訴我……」

「不，我們不會出爾反爾，既然你通過了這場考驗，降神會當然可以繼續對外開放。我們想要講的，是更深一層的事情。」

巴瑞安朝佛萊歐的方向望了一眼，似乎在確認對方是否要開口，然後又轉回來看著龍獸人。

「你和艾爾多相遇後的表現，我們都看在眼裡。你主動幫助了兩個素不相識的人，也沒有把他們的回報視為理所當然；在法斯沃拜託你接下任務時，你沒有用敷衍的態度隨便應付，更沒有打著失敗後如何卸責的盤算，所以我們認為你是個可以信賴的對象。要是把你跟其他人歸為一類，對你也不太公平，因此我們想告訴你，我們做這決定的真正理由。」

「我們會禁止開放降神會，是因為不想再看到村民繼續起爭執了。」

佛萊歐平淡地說：「你也聽法斯沃說過吧，為了搶遊客的生意，店家有時候會互相起衝突。對村民來說，這或許只是一件日常小事，但看在我們眼裡真的非常心痛。尤其當種族也一併被扯進來之後，我們就無法再保持沉默了。」

「什麼？」

迪亞克驚訝地張大嘴巴。

「雖然還沒到吵架的時候直接講出來的程度——畢竟大家都是多年的老鄰居跟老朋友了，但是在別人聽不到的地方，那些批評可就沒再客氣了。」

這回輪到巴瑞安進行說明：「因為一般人看不見靈魂，所以我們在巡視村子的時候，經常可以聽到村民在自言自語、或是對自家人講話的聲音。剛開始還只是單純的抱怨，不過時間久了以後，內容就開始逐漸升級，變成『他們那些旺族的就是這樣，從祖先開始就喜歡搶我們的獵物』，或是『流族的人老愛用卑鄙的手段來跟我們競爭，實在很過分』之類的言論。

要是再這樣發展下去，村民遲早會開始分裂，但是我們又不可能直接叫他們不准仇視對方。就算要求大家不要競爭，他們八成也不會聽，況且這兩族的人從以前就一直有芥蒂——看看我們的神殿就知道了。即使能憑著神明的威嚴，讓大家答應各退一步，也難保會有人覺得不服氣，說不定還會在心裡想著『都是他們不好，是他們故意要跟我爭』，然後記住一輩子。所以我們仔細想了一下，決定把責任歸咎在外地人身上，這樣村民就不會怪罪彼此了。」

「而且我們也沒有說謊，光是看到遊客的表現，就足以構成我們想取消開放降神會的另一半原因了。」

巴瑞安停止開口，換佛萊歐把話接回去：「原本想振興村子，誰知道觀光客盡是些不懂得尊重村子的人，而且還會破壞環境。結果賺到的錢才多一點點，卻讓大家那麼痛苦。所以我們才想與其這樣，不如回歸以往的生活。

之所以指定外地人來解謎，也是看準不會有人想揹這個責任；即使有誰厚著臉皮答應，等他失敗了逃跑以後，大家就會覺得外地人很可惡，也比較不會捨不得現在的一切了。」

「原來是這樣。」

迪亞克暗暗感到咋舌，沒想到一場看似單純的考驗，背後居然隱藏了這麼多心思。見神明為祂們的信徒如此費心，迪亞克也覺得很欽佩，相較之下，解開謎題的自已反倒顯得不識時務了。

「那……要是降神會繼續開放，村民吵架的事情該怎麼辦？大家不是還在搶生意嗎？」

迪亞克擔心地反問。

雖然他很慶幸自己能順利達成任務，但是神明的考量也不無道理，他很怕自己幫忙解謎後反而害到村民。

佛萊歐聳聳肩回答他：「這點應該沒問題。大概是因為村民對於我們發怒一事感到過意不去；再加上已經做好停止開放的心理準備，覺得再賺也不過就這三年的緣故，自從我們降下神諭後，反而沒人在乎生意的好壞了。」

巴瑞安跟著說：「不過我們還是會勸大家不要再起爭執。我想，有了這次失而復得的經驗，村民們應該會比較珍惜現有的一切。既然大家能在這幾年主動放棄競爭，而不是趁著最後關頭能撈就撈，相信以後也能繼續維持下去。」

「那就好。」

迪亞克不禁鬆了口氣。

接著，他突然覺得有件事情不太對勁。

「咦？等一下，祢前面說看到我主動幫助艾爾多他們……難道祢們當時也在那間博物院嗎？」

「嗯。要是沒了化身，我們就幾乎什麼事情都不能做了，所以他們離開村子的時候，我們其中一個會跟過去保護他們。」

巴瑞安先是點了點頭，然後瞇著眼睛對迪亞克說：「不過你們實在不該邊開車邊聊天的，要不是我及時提醒艾爾多，你們早就出事了。」

「原來當時真的是祢們在保佑，謝謝祢們。」

迪亞克一面道謝，一面對兩位神明說：「我回去以後也會幫忙呼籲，請大家尊重祢們的村子，不要做那些沒公德心的事情。」

「我們相信你會的。」

佛萊歐跟巴瑞安再度互看一眼，接著突然笑了。

「怎麼回事？」

迪亞克對兩位狼神的反應一頭霧水。

「沒有，只是想到我們三年沒跳舞了，不知道技術生疏沒有。」

佛萊歐面帶微笑地說。

「反正都降駕了，不如趁現在練習一下，也正好有觀眾可以幫忙看。」

巴瑞安也跟著說。

「我可以看嗎？」

迪亞克又驚又喜地反問道。

「當然，只是這邊沒有音樂，看起來會比較冷清。」

「沒關係，我不介意。」

迪亞克跟隨他們離開神殿，走到空無一人的廣場上。

當兩位狼神選定位置後，佛萊歐轉頭對迪亞克說：「你也許不清楚，跳舞不光是我們的興趣，也是保佑大家的方式。我們的舞蹈會影響運勢，給周圍的人帶來好運。雖然影響通常不大，但是在緊要關頭很有用。」

「這種作法會消耗我們大量元氣，所以每年只能弄一次。不過，今年的觀眾只有你，說不定效果會很顯著。」

巴瑞安微微翹起嘴角，表情帶點俏皮的意味。

佛萊歐也補充道：「這是我們一年一度的祝福，不用客氣，你就當作是解謎的獎品，收下來吧。」

「謝謝，那我就不客氣了。」

迪亞克對祂們回了一禮。

藍狼與紅狼伸出手，在龍人的身體前後各點了一下。

隨後，一段奇特的舞蹈就在迪亞克面前展開了。

9

「好棒，小迪哥連神的問題都能解開，真厲害。」

雷翼陣用力拍著手，興奮之情完全表露無遺。

「小迪哥，你說這次的謎團很特別，就是因為設計的人是神明嗎？」

雷凱嚎不解地問道。

「當然嘍。」

迪亞克微笑著向他解釋：「正常來說，都是信徒拿著問題去找神，請神明來幫他們解答吧？

你有聽說過神明出題給信徒，然後叫人解答給祂們聽的嗎？」

「好像沒有。」

「對吧，所以我才說它很特別啊。」

「那神明跳的舞和一般人的舞，有什麼地方不同嗎？」

雷翼陣也跟著問。

「差很多喔。當時並沒有放音樂，我卻還是可以清楚地想像出有配樂是什麼景象，甚至也能感覺到舞蹈想表達的意境。而且祂們還會配合舞步，變出各種漂亮的火花和冰晶……總之，看起來很吸引人就對了。」

迪亞克一邊回憶，一邊努力描述當時的情景。

「哇……」

雷翼陣先是露出讚嘆的表情，接著羨慕地說：「真好，我也好想親眼看看神明跳的舞。」

「想看也沒問題啊，明年有機會的話，我們一起出國去看。」

迪亞克大大伸了個懶腰，同時將視線往牆上的鐘移去。

「好了，現在時間已經有點晚了，趕快去睡覺吧，剩下的等下次休假的時候再說。」

「可是我們還不想睡，再繼續講嘛。」

雷翼陣向他抗議。

「不行，再說就太晚了。」

「拜託啦，不是還差最後一點嗎？只要再講度假村的事情就講完了。」

雷凱嚎也一起求情，不肯讓迪亞克就此離去。

「好吧好吧，真是搞不過你們。」

迪亞克捱不過兩個晚輩的糾纏，只好揮揮手要他們安靜，然後開始他的下一段故事：「隔天早上，我就開車離開普羅納村，先按原路繞回震都城內，然後從另一條公路前往開張沒多久的新度假村。不知道是不是因為祝福生效的緣故，我也在那遇上了詭異的謎團，不過當時我並沒有察覺到這點，是一直等到回程準備坐飛機的時候才發現的……」

奪魂之影

這部作品被我投稿到第十八屆台灣推理作家協會徵文獎。其實我原本是在寫另一篇故事，但是中途一直有種很強烈的感覺，讓我非把這篇趕出來不可，結果我就從零開始重新寫了這篇故事，並以前所未有的速度趕在截止前一天完成。

這篇故事和我過去的其他作品完全不同，是我第一次把時事放進小說中。基本上我不會用時事來創作，因為我認為那是搭順風車的投機行為（三億元事件那篇也只用名字來當梗，內容是無關現實的東西）。這篇作品之所以會破例，主要有兩個原因：第一是因為前面提到的，這篇作品對我發出的強烈呼喚；第二是因為故事背景與詭計結合得太好了，我捨不得放棄——詭計其實是很早之前就單獨想好的，一直沒決定要用在哪，而廢死的角色本來也打算用在其他地方。不過在我寫徵文獎的作品時，腦中忽然把主題、角色跟詭計全串在一起，連大綱都自動想好了，於是就生出了這篇作品。

故事裡的詛咒並非創作，而是我從一本介紹西洋魔法的書裡看到的。讀小學的時候，我也在一本童書中見過這個詛咒，因此對它印象深刻。當我開始創作推理小說之後，一直想要拿這樣東西來發揮一下，剛好這次的題材很適合，所以趁此機會將它一併加進故事裡。

魔法旅行系列到這邊就算是告一段落了，不過之後的故事可能還會再跟它有點關連——這裡先讓我賣個關子。而迪亞克是我選定的其中一位偵探角，所以喜歡他的讀者請不用擔心，這個角色還會再繼續登場。

1

法院外，大批記者和攝影師正集結在門口，他們圍成一堵結實的人牆，聚精會神地注視著眼前的景象。

在不知情的路人眼中，這個景象沒什麼特別，不過就是兩隻有點年紀的母老虎正對彼此張牙怒吼——更精確地說，是兩名雌性虎獸人在吵架。但現場的記者們卻很清楚，右邊那個虎獸人名叫艾薇達，是某個宗教團體的負責人；而左邊的虎獸人則是某個案件的被害者家屬，叫做芭莉娜。

這些記者原本打算採訪芭莉娜，想要問被害者家屬對於今天的審理內容有何感想。可是現在，這位家屬卻站在法院的大門前面，與另一個同樣關心審理結果的人互相叫罵。

「我再告訴妳最後一遍，不管妳們這些人到底說了什麼，我都絕對不會改變我的想法。」

芭莉娜脹紅了臉怒吼道。

「妳只要講一句話就可以救他一命了，為什麼不改？難道妳沒有良心嗎？」

艾薇達也不甘示弱地頂回去。

「沒良心的是他！他在動手前，怎麼不先問問自己的良心在哪裡？」

「他不是已經在法庭上道歉了嗎，妳沒聽到他說對不起？」

「那也能算道歉？從頭到尾都沒看過我們一眼，講話的時候也沒表現出該有的誠意，『對不起』三個字還糊成一團，根本不知道他在唸什麼。妳告訴我，這算哪門子道歉？」

「那不是重點，反正妳就是想要害他被判死刑，所以才故意不原諒他。」

「這是他應得的！殺了人只要隨便道個歉，然後就不用償命，世界上有這種道理嗎？」

「法律本來也沒有規定殺人一定要判死刑，他都已經被關進牢裡了，難道妳還嫌不夠？」

「怎麼可能夠？被他殺死的人永遠不能復活了，但是他只要在監獄待個十幾二十年，馬上就可以出來繼續過他的生活。要是妳認為這很公平，我現在就去宰了他，換我坐牢然後被放出來，看妳能不能接受？」

「可是判他死刑又不能解決問題！」

艾薇達提高了音量。

「妳想讓他的家人和妳們一樣難過是不是？就算殺了他，去世的人也不會回來了，為什麼妳不乾脆放下恩怨，大發慈悲饒他一命？」

「死的又不是妳的親戚，妳當然覺得無所謂！」

芭莉娜瞪大眼睛，氣極敗壞地尖叫：「照妳這麼說，那等他被處死之後，再叫他家裡的人放下過去不是更好。」

「說來說去，妳只是想報復而已。連一個改過自新的機會都不肯給，還一心一意想置他於死地，想不到妳的心腸竟然如此惡毒。神絕對不會原諒妳的！我告訴妳，如果他真的被處死，妳就是殺人犯！妳一定會遭到報應！」

「他才是殺人犯！他才應該遭報應！」

「是妳！妳明明可以饒他一命卻故意不做，還一直宣稱人家沒有悔意，說他的行為有多殘忍、多可惡，好讓大家支持妳，這跟謀殺有什麼不同，妳這個殺人凶手！」

艾薇達發出歇斯底里的叫喊，接著轉過頭去，看著圍在身旁的記者。

「你們看，一個原本有可能接受教化的人，就因為某些人不肯放下怨念，一直堅持著殺人償命，所以要被國家殺死了。這是違反人權的行為！是國家進行的犯罪！我以神的名義發誓，一定會救回這個可憐的人，要是法官判他死刑，我也會控告他蓄意謀殺。」

眼見對方如此大放厥詞，儼然把自己當正義的化身，芭莉娜氣得渾身發抖，緊握的拳頭彷彿立刻就要朝虎人揮出去。

「妳希望我原諒他，讓他不會被判死刑？好啊。」

芭莉娜臉上突然出現一個詭異的冷笑，同時伸出右手，像劍一樣指向對方的胸口。

「妳死了我就原諒他。」

2

「喂，你這是什麼反應啊？我說的都是真的耶。」

雷凱噘鼓起腮幫子，不太高興地對著眼前的人說道。

「少來了。」

波特曼擺擺手，語氣中帶著些許嘲諷。

「你說教授才去震都旅行幾天，就能遇到兩個不同的謎團，而且還把它們當場解決掉？太扯了啦。」

「我沒說謊，這些事情是教授親口告訴我的，不信可以去問他。」

「問了也沒意義，又不是我們親眼看見，光憑故事哪作得了準。再說，這裡一堆長官都愛吹牛，每個人都喜歡說自己天生神力，誰知道是真是假。」

「教授才不會騙人。」

見對方一副不相信的模樣，雷凱嚎氣惱不已，翠綠色的臉龐上逐漸浮現一層紅暈。

雷凱嚎是名身材瘦小的龍獸人，波特曼則是黃毛的虎獸人，他們兩個都是八龍城的騎士團成員——亦即在職的現役軍人。至於他們口中的「教授」，則是參謀團的指揮官迪亞克。迪亞克會得到這樣的稱呼，是因為在軍人的身分之外，他也是八龍城最知名的科學家的緣故。

儘管所屬的部隊不同，甚至連官階都天差地別，但雷凱嚎其實跟迪亞克已經認識好一段時間了，而且他對這位大哥哥一般的長官十分尊敬。因此，看到有人隨口質疑迪亞克的能力，自然會令雷凱嚎發出不平之鳴。

不過話說回來，這場爭執一開始也是雷凱嚎自己引起的。當時他們正在談論自己的休假活動，而雷凱嚎因為想起迪亞克不久前說過的出國經歷，所以就順口提了一下，誰知道眼前的虎人居然對此嗤之以鼻，於是他們便爭執起來。

雷凱嚎哼著氣對虎獸人說：「教授可不像那些喜歡吹牛的人，知道的事情他就會說知道，不知道的就會說不知道，絕對不會不懂裝懂，更不會拿不存在的英雄事蹟來吹噓。你會這樣講，是因為你不認識教授。」

「我當然知道教授很聰明，而且科學方面的成就也常上新聞。不過，我可從來沒聽說他還兼差當偵探。」

「我告訴你，教授以前也解決過好幾件案子，只是沒有公開而已。你要想知道的話，改天我們可以一起去問他。」

或許是雷凱嚎認真的態度打動了對方，波特曼瞇起眼睛，默默注視了他好一會兒。

終於，虎獸人緊抿的嘴唇漸漸放鬆下來。

「好啊，我們去找教授吧。不過我不是要聽他講過去的事蹟，那一點說服力都沒有。」

波特曼神祕地笑了一下，接著對雷凱嚎說：「我知道以前有一個案子，到現在都還沒人能對它提出合理的解釋，我們就拿它來問問教授吧。要是他能成功解開謎團，那我就相信教授真的有這麼厲害了。」

「沒問題，教授一定可以找到答案的。」

雷凱嚎信心十足地說。

他立刻用電話聯絡迪亞克，傳達波特曼希望他能幫忙解謎的要求。迪亞克很爽快地答應了，他們花了一點時間討論見面日期，然後掛掉電話。

「好啦，解謎的事情搞定了，教授說他會幫忙。」

雷凱嚎高興地宣布。

「而且很巧，我們這個月的排休時間居然一樣，所以下次放假的時候，教授邀請我們到他家裡住一晚。」

「到教授家裡住？我也去嗎？」

波特曼瞪大眼睛問。

「當然啦。不用擔心，我第一次去的時候也很緊張，多住幾次就習慣了。」
雷凱嚎看出了他的憂慮，於是開口要他放寬心。
「我還以為只是約在咖啡廳裡聊聊而已，要住長官家哦。」
波特曼轉頭看向月曆，自顧自地說道：「我看……下次放假是十五號。這樣的話，我要準備一下了。」
「準備什麼？帶套換洗衣物就好了。」
「你當然這樣就行，但是我得花時間把案件內容複習一下。你總不希望我在教授面前支支吾吾、把整個故事講得支離破碎的吧。」
波特曼露出苦笑回答道。

3

芭莉娜坐在矮桌前面，專心一致地將紙張從正中央折成兩半，然後以摺疊處作為底部，用筆畫出一個高度約有七公分左右、帶著頭與四肢的人型圖案。
接著，她用剪刀沿線剪下紙人，把腳底相連的紙人像卡片一樣打開後，用墨汁將下方的紙人完全塗黑。然後拿起一根針刺破自己的手指，以鮮血在上面那個紙人的身體部位寫下「賽林格」三個字。
在做這些事情的時候，芭莉娜感覺心情實在好得不得了。儘管被針刺穿的傷口痛徹心肺，艾薇達羞辱她的聲音持續迴繞在心頭，但那些事情所帶來的不愉快很快便隨著手上的動作逐漸消散。

此時此刻，已經沒有別的東西可以影響到她，就連法官下達的判決也無關緊要了……雖然她只要一想起當時的情景，仍舊會湧起滿腔怒火。

律師曾經安慰她可以繼續上訴，而且負責的檢察官也有這個意願，不過她對司法已經不抱期望了。因為根據以往經驗，除非有新證據出現，否則二審幾乎都只會維持原判，況且被告本身也有上訴的權利。在這種情況下，越上訴只會判得越輕，她從來沒聽說有誰的刑期是在上訴後加重的。那些犯了罪的政治人物跟有錢的大老闆們，不也都是利用二審、三審與發回重審的機會，把刑期減輕到不能再減嗎？

想到這兒，芭莉娜忍不住開始嘲笑自己。要不是因為她相信做壞事的人一定會受到法律制裁的話，也不會白白浪費那麼多時間、經歷那麼多煎熬。如果打從一開始她就決定親自動手，這齣鬧劇也不至於延續至今。

（等著瞧吧，報應馬上就要來了。）

芭莉娜用力擠壓手指，逼迫傷口流出更多血液。

寫完名字後，芭莉娜把剛才用來刺破手指的針插進名字中間，接著把紙人豎立起來，同時調整位置，讓紙人以一半在上、一半平躺的方式站在桌子上。由於躺著那面塗成了黑色，因此紙人看起來就像是帶著影子一般。

（行了，再來就是……）

芭莉娜低頭觀看放在一旁的筆記，那是一本非常古老的手抄本，裡面記載了許多恐怖的殺人方法。這本書是她的傳家寶，也是她的家族賴以成名的利器。只不過，從她祖父那一輩開始，就沒有人再用過這本書了。身為繼承者，芭莉娜雖然早已將內容背了下來，但為防萬一，她還是決定看著書本一步一步做。

芭莉娜朝窗外瞥了一眼，只見四周的房舍已經逐漸熄燈，而明亮的滿月也高掛在天際。她的臉上微微露出一絲笑容，然後重新坐回桌子前面，開始進行最後的關鍵工作。

4

「你們來啦，歡迎歡迎。」

身為龍獸人的迪亞克身材略瘦，有一頭灰色的短髮和一對白色龍角。他彎腰拿出兩雙拖鞋，將站在屋外的龍人與虎人迎接進門。

「行李先拿去放在左邊那個房間，床已經幫你們鋪好了，你們放行李的時候順便看一下，自己決定要睡哪邊。」

「好。」

雷凱嚎點頭應和著，熟門熟路地帶著波特曼走進房間。當他們把各自的背包放好，回到客廳時，迪亞克也將準備好的紅茶跟餅乾擺在茶几上了。

雷凱嚎跳上沙發，逕自伸出手拿起餅乾來吃。他發現坐在一旁的波特曼遲遲沒有動作，忍不住出聲勸他：「吃啊，不用客氣，小迪哥拿這些東西就是要給我們吃的。」

「啊？喔。」

波特曼稍微遲疑了一下，然後才端起紅茶來喝。

「不用緊張，現在不是在營區，不用坐得那麼直。你看，小凱不是也這樣直接稱呼我嗎？當成在自己家裡面就好了。」

迪亞克親切地說。

「我知道了。」

波特曼點點頭，臉上擠出一個很勉強的笑容。連雷凱嚎都能看得出，他的耳朵是垂下來的，尾巴也警戒地左右搖擺著。

（小迪哥明明就對我們很好，幹嘛那麼緊繃？不過，我第一次住在別人家裡的時候，好像也跟他差不多……嗯？）

雷凱嚎看見茶几上擺了一個形狀像耙子、前端卻裝了幾個滾輪的東西，於是順手將它拿起來把玩。

「這是什麼？」

「按摩器，想用的話可以試試看。」

雷凱嚎試著用按摩器在背部滾了幾下，接著伸長手臂，把按摩器放到波特曼的頭頂上來回滾動。

「幹什麼？」

「幫你按摩一下，讓你放鬆點。」

「小心點，那是新買的，不要弄壞了。」

迪亞克拿起紅茶喝了幾口，接著放下杯子看著虎獸人。

「聽說你有個案子想找我幫忙解決，是嗎？」

迪亞克開始切入正題。

「是的，教授。」

聽到迪亞克提問，波特曼趕緊把雷凱嚎的手拍掉，重新在沙發上坐好。

雷凱嚎也不再繼續打鬧，乖乖跟波特曼一起正襟危坐。

「我想先確認一下，你對於接下來要講的這件案子，是能夠完整地將過程進行詳盡說明，還是只能做簡略的描述而已？如果你給我的資訊太少，那麼，即使我硬是做出了某些結論，正確性也可能會大打折扣。」

迪亞克皺著眉頭說。

「這點你不用擔心，教授，我已經把整個過程都弄得很清楚，也將細節記下來了。我還留著當時的報導和資料，你要的話，我現在就去拿過來。」

波特曼匆匆跑回房間，沒多久又回到客廳，將一疊剪報放在迪亞克面前。

「其實應該是用不到這些啦，因為新聞報導都寫得很零散，內容也不如我知道的多，甚至有不少誇張的描述跟臆測，有問題的話，直接問我比較快。」

「沒關係，參考資料越多越好。」

迪亞克點點頭表示讚許，接著對波特曼說：「既然東西都齊全了，我們就開始吧。不過我想先聲明，偵查案件並不是我的專長，我也從來不敢假裝自己是個名偵探，所以我要是想不出答案的話，你可不要覺得失望喔。」

「不會吧，就是因為凱嚎之前跟我說了教授的事蹟，所以我才特地拿這個案子過來，想親眼看一次教授的本領耶。不會這次剛好看不到吧？」

說完，波特曼咧嘴一笑。

「放心，我相信小迪哥一定沒問題的，加油。」

雷凱嚎信心十足地替迪亞克打氣。

迪亞克嘆著氣，對他們兩個苦笑道：「看來我還真丟不起這個臉。好啦，你可以開始說明你的案子了，我會儘量努力試試看。」

「我知道了。」

波特曼將杯子裡的紅茶一飲而盡，然後說：「在我敘述案情之前，我想先問一下教授——你對震都的風土民情了解多少？」

「哦，這個案子發生在震都嗎？」

「沒錯。教授之前不是正好去震都旅遊，你對這個國家有什麼印象？」

迪亞克想了想說：「那裡的超自然產業很興盛，到處都可以看見幫人算命或占卜的小攤位。人們普遍相信神鬼幽靈，對於法術的仰賴心極重，遇到事情經常先向法師尋求協助。宗教信仰也相當多元，傳統跟新興教派都有，一條街上就能蓋起好幾種不同派別的宮廟道場……總之，是個崇尚無形力量的國家。」

「完全正確。在那個地方，只要發生任何不尋常的事情，很容易就會被歸咎於詛咒或是鬼魂作祟。雖然絕大多數都是當事者自己大驚小怪，但我接下來要講的這件案子，卻是連巡守隊都無法解釋——屬於那極少部分的怪異事件。

整起事件的開端，是從另一件案子開始的——那是發生在一名叫做芭莉娜的婦女身上的悲劇。當她帶著兩個兒子在公園裡玩耍時，她的大兒子突然想要去上廁所，由於小兒子正在遊樂設施上玩得不亦樂乎，因此芭莉娜讓哥哥自己走到不遠處的廁所裡去解決。等到弟弟終於玩夠了，芭莉娜才驚覺另一個兒子遲遲沒有回來，於是她立刻趕去廁所查看。結果，在那裡等待她的，居然是一具毫無生氣的屍體。更可怕的是，屍體的脖子上有兩道深深的切口，經法醫鑑定後確認是利刃造成的痕跡，也就是說，她的小孩並非死於意外，而是謀殺！

所幸，巡守隊當天就循線逮捕到凶手，並且從他的身上搜出沾有死者血跡的凶刀。凶手是個名叫賽林格的犬獸人，平日依靠打零工維生。在巡守隊裡，他對自己的犯行坦承不諱，因為他已經失業很久了，又沒人願意借錢給他，被抓正好可以吃長期牢飯。不僅如此，賽林格還對偵訊他的隊員供稱，他的犯罪動機只是心情不佳想要發洩。之所以會盯上芭莉娜的兒子，純粹是因為看到他獨自一人走進廁所，覺得應該很好下手而已。

這起案件激起了全國民眾的怒火，許多人紛紛呼籲政府判他死刑。但在賽林格被逮捕後沒幾天，一個名叫艾薇達的虎獸人卻突然跳了出來，把整件案子推上另一個高峰。」

「啊，這個人我知道，她是『靈尊天聖會』的創始人對吧？」

迪亞克插嘴說道。

「那是什麼啊？」

雷凱嚎不解地看著迪亞克。

「老實說，我也不太清楚，只知道那是個新興宗教，而且在很多爭議性話題上面都可以看到它。」

迪亞克搔著下巴回答。

波特曼向他們解釋：「靈尊天聖會是艾薇達一手建立的教派，教義跟大部分的宗教一樣——只要加入就能得到某些救贖。他們的教主稱為靈尊，副教主則是天聖，底下還有幾個幹部，不過沒有特別的稱號。在日常事務上，教主艾薇達負責對外宣傳、講道以及招收信徒，她妹妹艾絲嘉負責管理財務及人事，她也同時是副教主。

這個教團經常跟各種爭議事件牽扯在一起，有時自己就是話題中心。像震都之前原本想推行一條法案，讓宗教團體的財產流向能夠透明化，結果因為宗教人士抗議，最後遭到否決。當時，靈尊天聖會就是前幾個跳出來反對的。」

「聽起來不像什麼正派宗教，連錢的用途都不敢讓人知道。」

雷凱噱皺著眉頭說。

「這樣說不太對。就我所知，稍有規模的團體都會牽涉到很多錢，尤其是宗教在這方面最明顯——畢竟信徒們常常捐獻。所以在這中間，很容易發生下面的人把錢中飽私囊，或是上頭的人隨便挪用資金的情況。之所以沒被揭穿，就是因為宗教團體不像公司行號，沒必要把帳目給信徒或政府監督的緣故。如果財務狀況公開的話，很多人可能會很慘，會吃上官司甚至被人教訓，所以我才說你講的不太對，因為沒反對的宗教團體其實才是少數，不過這是題外話。」

波特曼聳了聳肩，繼續把故事接下去。

「由於教義的緣故，靈尊天聖會支持廢除死刑，而賽林格的案子不僅受到全國矚目，更是死刑與否的輿論焦點。因此，艾薇達主動站在媒體前面，強烈要求政府絕對不能讓賽林格被判死刑。

從艾薇達出現那一天起，芭莉娜的惡夢就開始了。每隔兩天，就可以看到艾薇達在電視上解釋為什麼賽林格不該死，內容從他是社會弱勢到有機會改過教化等無一不包，甚至還引用其他知名冤獄做類比。為了證明自己的論點，她三不五時地跑去看守所和賽林格通信，然後拿著一疊信紙說對方已經誠心懺悔了，這些內容就是證據……此外，她也不斷展現出聖人的姿態，強調自己很想替監獄的死刑犯們受苦，同時大力譴責那些希望賽林格被判死刑的民眾以及死者家屬，說他們只懂得以暴制暴、像野獸一樣不理性。

第一次開庭審理時，芭莉娜去旁聽，結果艾薇達也出現了。她還在法院外和芭莉娜起了爭執，堅持要芭莉娜原諒賽林格──因為這會影響法官的量刑。而她看到芭莉娜始終不肯答應，就開始用各種言語羞辱她，將她形容成十惡不赦的殺人犯，還向神發誓一定會救賽林格的命。

跟芭莉娜一起經營占卜館的朋友看不下去，於是寫了篇文章貼上網路，支持法院判死以還死者公道。隔天，艾薇達不但在電視上批判此事，甚至還有信徒闖進她們的占卜館裡，強迫對方撤掉文章。」

「天啊，簡直沒有王法了嘛。都已經做到這種地步了，難道沒有人通知巡守隊去逮捕他們嗎？」

雷凱嚎不可置信地說。

「通知也沒用吧，只要不是當場逮到，事後要怎麼脫罪都行。過去不像現在有手機可以錄影，即使有防盜攝影機，沒聲音也很難證明對方正在威脅人，要是連影像都沒有就更甭提了。如果來的是不認識的信徒，想叫巡守隊抓人都不知道從何找起。」

迪亞克哼著氣回答。

「就像教授說的，雖然有監視器畫面，但是根本沒有用。既無法證明他們真的是信徒，也無法證明跟艾薇達有關，而且巡守隊完全找不到那些人，最後只好不了了之。」

波特曼點點頭。

「艾薇達不是笨蛋，她的言行始終保持在合法邊緣，讓人很難追究她的法律責任。她還會不時表現出為了理想而獻身的模樣，不過那只是話術而已，如果真有人具體要求她做出某些犧牲，她會立刻轉移焦點來逃避。像她逼迫芭莉娜原諒賽林格的時候，芭莉娜就曾承諾要是艾薇達死了，她就願意原諒賽林格，因為她一直在宣傳自己願意替死刑犯受罪。結果反被艾薇達嘲笑說被害者家屬就是滿腦子想著叫人去死，誰償命根本無所謂，所以一定要廢除死刑，然後就把這件事情帶過去了。

幾個月後，一審判決終於出爐了，賽林格最後真的沒有被判死刑，只是無期徒刑而已。判決出來那一天，滿街都是批評法官的罵聲，媒體也抓緊機會，大肆報導這項結果，你們看，就是這些。」

波特曼從桌上挑出幾篇剪報，推到迪亞克和雷凱嚎面前。那些剪報如出一轍地使用聳動字眼來做標題，像是「法律已死」或是「家屬最黑暗的一天」，有一篇甚至寫著「殺一個人果然不會判死刑，殺童凶手如願以償！」

「儘管得到想要的結局，艾薇達仍然不肯罷休，不僅在法院外面宣揚這是人權的勝利，是神明所彰顯的奇蹟，更是世上還有正義與良善的證明，同時不忘數落芭莉娜一番，說幸好法官十分明理，沒有讓她的哀兵策略得逞，不然就有一條無辜的性命白白犧牲了。」

「這個人怎麼那麼壞？都已經如她所願了，還這樣對人家。」

雷凱嚎忿忿不平地說。

看到雷凱嚎的反應，波特曼發出幾聲冷笑。

「很多人喜歡得寸進尺，何況對方的立場又跟她相反，現在終於贏了，當然要趁機落井下石。不過她沒有想到，這項舉動反而把自己推上絕路。」

聽見這話，雷凱嚎不由得挺直背脊，迪亞克也將上半身往前傾，似乎比剛才更專心了。

波特曼稍微停頓一下，接著以更加戲劇化的語氣說道：「芭莉娜原本就無法接受審判結果，聽到這些話之後，更是氣得忍無可忍，於是她當著在場所有記者的面，揚言要對賽林格和艾薇達施展『影子詛咒』。同時宣稱，既然法律沒辦法還她公道，那她就自己討回來！」

5

待在看守所的獨立房內，賽林格躺在狹窄的組合床上，反覆回憶著法官宣讀判決書時的情景。

果然是無期徒刑啊——犬獸人喜孜孜地想著。雖然他曾擔心靈尊天聖會的人插手把事情搞大，會不會造成反效果，幸好事後證明果然是多慮了。

儘管這麼做很不合時宜，但賽林格還是忍不住揚起嘴角，發出一連串狗吠似的笑聲。他也不禁想著，多虧當時殺的是小孩，不然就沒機會碰上艾薇達，和她談妥這筆難得一見的好交易了。

當艾薇達初次來看守所找他時，賽林格還以為對方只是想藉機傳教，他的猜測對了一半，艾薇達確實想拉他入教——不過他信不信神都無所謂，只要對外表現得像個信徒，以及在艾微達推廣自己的宗教，有事情需要他幫忙時，全力配合就行了。如果他願意答應的話，艾薇達就會使用各種方法讓他不被判死刑。等到將來假釋出獄，他也能進入教團工作，而且該給的薪水絕對不會少。

賽林格差一點就開口拒絕了——講得這麼好聽，誰知道是真是假。但是他心念一轉，覺得接受提議也無妨。雖然他不認為自己會被判死刑，不過有人幫忙總是好事。此外，如果對方真的遵守承諾，那他下半輩子就等於有了依靠；即使最後發現被騙了，其實也沒什麼損失，於是點點頭答應了。

艾薇達果然信守諾言，三天兩頭就上媒體造勢，拿著他的信大作文章，最後也沒讓他被判死刑。雖然不知道這些舉動到底有多少幫助，不過賽林格還是很感謝艾薇達的努力。

就算檢方想要上訴，二審後也很少有加重刑罰的情形，也就是說，最難的一關已經過了。接下來，只要在獄中表現良好，等服刑到一定年限，他就可以申請假釋，出去過他的第二人生。再也不用為找不到工作煩惱，也不用擔心自己會像條野狗一樣，隨時被房東趕出去，餓死在路邊了。

想到這裡，賽林格從床上坐起身來，因為他想起艾微達上次帶來的消息，而且與他們兩個有密切相關。

那個男孩的母親，竟然公開聲稱要用詛咒來對付他和艾微達。更令他感到錯愕的是，艾薇達不僅毫不畏懼，反而認為這是宣傳的好機會。他還記得，艾薇達是如何興致勃勃地把信徒該有的言行舉止、還有祝詞與禱告方法全教給他，就連遇上各種狀況時的應對方式也講了，由於內容太多，害他差點記不住。

「別忘了，做這些也是在救你自己。」

艾薇達臨走前再三叮嚀他。

賽林格本來就不相信那些怪力亂神的東西，聽完艾薇達的交代後，他更覺得這根本是一場鬧劇。不過他和艾薇達既然有約在先，那也只能照著去做了。反正這些事情將來都會成為他生活的一部分，現在就當作是提前練習吧。

（雖然她講得輕鬆，可是真的沒問題嗎？）

賽林格一邊想著，一邊將視線落到地板上。

突然，他發現自己映在地上的影子似乎動了一下。

賽林格楞在原處，兩眼直直盯著地上，接著驚訝地張大嘴巴。

他看見影子的眼睛就像睜開一般，逐漸發出微微紅光。而影子本身也變得越來越立體，彷彿從地板中浮現……這一定是錯覺吧？

不，不是錯覺——當賽林格腦中閃過這個念頭時，影子已經脫離地板，舉起雙手朝他撲過來了。

6

「當芭莉娜發出威脅的那一瞬間，周圍立刻變得靜悄悄的，沒有人敢多喘一口氣。因為對震都人來說，靈異現象是他們生活的一部分，現在有人用非常認真的態度來聲明要咒殺另一個人，當然不可能笑一笑就當沒事。

最重要的是，芭莉娜雖然是位占卜師，但她卻出身於震都一個非常有名的巫師家族——這是在殺童案發生之初，記者對死者背景進行調查時發現的。由這種身分的人做出來的宣言，份量自然更不能與其他人相提並論。

面對芭莉娜的威脅，艾薇達擺出一副毫不畏懼的模樣，同時聲稱只要能救別人一命，受任何折磨她都甘願。接著她又表示不管什麼詛咒她都不怕，因為她做的事情是對的，所以她的神一定會保佑她，絕對不會讓她受到邪靈傷害。至於關在看守所的賽林格也是一樣，雖然他是位罪人，不過只要有人向神明求救，神就不會拋棄他。

聽了艾薇達的回應，芭莉娜也不跟她多做爭執，只是冷笑著丟下一句『我們等著看吧』就離開了。」

「等等，我知道絕大多數國家都把詛咒視為『不能犯』，但是震都的人既然相信詛咒的效力，難道他們用詛咒來害人也不犯法嗎？」

迪亞克這時打斷了波特曼的敘述。

「相信歸相信，不過科技發達後，震都的法律也變得跟其他國家一樣，不承認詛咒這一類的超自然力量，所以就不犯法了。」

「明明是盛行魔法的國家，卻不承認詛咒的效力，真是奇怪。」

雷凱嚎皺著眉頭說。

「也不算奇怪。」

波特曼對他解釋道：「所謂的詛咒，是向精靈、神明或鬼魂進行祈求，請祂們使用力量降災給特定人物，而這些力量是肉眼無法察覺的。所以，如果你今天是從手中變出一顆火球去燒死別人，那還可以就這項事實來給人定罪——畢竟有眼睛的人都看得見，但是詛咒卻是無形的。即使有人照著詛咒的內容死掉，也很難證明兩者之間確實有因果關係。」

「喔。」

雷凱嚎點點頭，然後又問對方：「那『影子詛咒』又是什麼？」

「『影子詛咒』是黑魔法裡最恐怖的一種，據說只有極少數人才知道該如何下咒。受到這個詛咒的人，起初會逐漸害怕自己的影子，接著會開始害怕能夠產生影子的光，而把自己關進暗無天日的地方。最後，這個人就會為了永遠逃避光線，把自己的靈魂賣給惡魔，到了這個程度時，那個人就會死去。而且因為靈魂被惡魔拿走的關係，所以永遠無法上天堂或者是重新投胎。」

波特曼再度翻起那堆剪報，把其中一篇報導挑了出來。

「芭莉娜撂下狠話的第二天，就有記者跑去採訪其他巫師，然後將訪談內容寫成專題報導，就是這篇，裡面對詛咒介紹得很詳細。至於芭莉娜跟艾薇達在前一天的互動，也成了當天的報紙頭條。

新聞一刊登出來，立刻在全國引起廣大迴響——有人認為她不應該用這麼可怕的方式進行報復，也有很多人對這項行為表示支持，覺得賽林格理應得到這種下場。事實上，早在判決還沒出來前，就有好些偏激的人曾經上網留言，表示賽林格如果最後沒被判死的話，他們就要趁賽林格被押送時去教訓他，或是通知監獄裡的弟兄代為動手。不過，在判決當天的騷動過後，這些言論很快就消失得無影無蹤了。現在大家最想知道的，就是芭莉娜的詛咒究竟靈不靈；還有艾薇達所信奉的神明是否更技高一籌，能將他們從詛咒中解救出來？

答案沒多久就揭曉了。大約過了兩個星期之後，艾薇達在她的教會裡進行一場例行演講時，突然發出一陣尖叫，隨後便像發了瘋似地拚命掙扎，好像在跟什麼看不見的東西搏鬥一樣。

在場的信徒們原本不以為意，艾薇達講道時經常有驚人之語，偶爾還會出現激烈反應，甚至聲稱自己被聖靈附身，然後展現所謂的神蹟——其實只是用釣魚線或磁鐵就能變的簡單魔術，但是他們很快就察覺到不對。幾個幹部衝上去，好不容易才讓艾薇達鎮定下來。當她終於恢復理智後，艾薇達說出了令人難以置信的事情——她看到自己的影子企圖謀殺她！

由於這是專門針對艾薇達的詛咒，因此其他人根本看不見任何異狀，也沒人知道該如何幫忙。在那之後，這個恐怖的詛咒開始每天發揮它的效力。不論是在傳道、聊天、還是用餐的時候，只要艾薇達稍微放鬆警惕，影子就會突然冒出來襲擊她。隨著日子一天天過去，攻擊次數也變得越來越頻繁。面對這個困境，艾薇達只能拚命抱著教典禱告，但她的神似乎也拿這個詛咒沒辦法，不管艾薇達如何祈禱，影子仍舊不斷地折磨著她。

不到三個星期，艾薇達就憔悴到連路都走不穩了，而她所害怕的對象，也從影子逐漸進化成光線。最後，艾薇達終於把自己關進教主的休息室裡。她和妹妹一起用膠帶封住所有隙縫，連窗戶都牢牢貼死，只留下一個無法透光的小通風口來換氣。在房間澈底封閉之前，艾薇達再次向信徒們重申她對神明的信心，同時宣示自己一定會在黑暗中戰勝這個詛咒，接著就從裡面鎖上房門，不讓半絲光線進入屋內。

關在房裡的這段期間，艾薇達一直專心進行著禱告，至於每日三餐，則是按照她的吩咐，由艾絲嘉帶著三位信徒一起送到門口給她。她們會先敲門通知，接著在門前念誦十分鐘的禱詞。等到艾薇達打開門鎖，外頭的人會迅速把食物推進門，同時拿走前一餐吃完後剩下的餐具，然後立刻關上房門。這項措施是用來保護艾薇達，讓她能在維持理智的情況下對抗詛咒。除此之外，艾薇達還把幾樣聖物也一併帶了進去。這些聖物包括鑲著金絲的法袍、聖靈加持過的銀幣、裝著聖水的銅杯、舉行儀式用的鐵短劍、附有禱詞的木權杖、還有刻上聖徽的錫板。許多信徒雖然擔憂教主的安危，但對神明的力量還是很有信心……可惜，他們的信念一下子就成了泡影，在艾薇達置身於黑暗後不久，悲劇還是發生了。

又過了一個星期，艾絲嘉照例帶著三個人去送晚餐給艾薇達，她們反覆敲了幾次門，卻沒聽見對方回應。艾絲嘉試著轉動把手，發現房門依然反鎖著，於是她叫其中一個人去拿鑰匙，想直接打開門看看。門鎖很快就打開了，但是門板彷彿被某種力量壓住一般，任她們怎麼推都紋風不動。她們使盡力氣去撞門，最後總算破門而入。在電燈亮起的那一瞬間，她們全都嚇得目瞪口呆——艾薇達仰躺在地板，兩眼空洞地睜著，顯然已經失去了生命。至於用來保護她的聖物則大多扭曲變形，凌亂地散落在房間四處，就像先前發生過打鬥一樣。唯一的例外是聖物之一的鐵短劍，被艾薇達用雙手緊緊握住，插在她的心口上……

巡守隊很快就趕到現場，並且進行了詳細的調查。負責查案的隊長原本認為這應該是謀殺——因為有個動機明顯的嫌疑犯，但是馬上就遇到了瓶頸：按照證人們的說法，當她們闖進房間時，那扇門已經從內部用膠帶黏得密不透風，就跟窗戶一樣。如果艾薇達是被『某人』殺害，在出入口全被封死的情況下，凶手究竟要如何離開房間？

巡守隊無法解釋現場的情況，甚至也無法確定真的是謀殺，最後，他們只能判斷她是精神失常而自殺……儘管如此，許多震都居民——也許還包括不少辦案的巡守員——心裡都相當確信：是影子殺死了艾薇達。芭莉娜的詛咒終究獲得了勝利，把艾薇達的靈魂給奪走了！」

波特曼停下了他的敘述，幫自己倒一杯新的紅茶。在他將有些變冷的液體送進嘴裡時，迪亞克開口問虎獸人：「這件案子應該不只這樣吧？既然還有一個人也中了詛咒，我想他大概也難逃一劫……」

「嗯？當然，我還沒說完，我只是口渴想喝點飲料而已。」

波特曼不疾不徐地把茶杯清空，接著拿起幾片餅乾丟入口中，再用舌頭舔了舔手指。

「距離艾薇達身上的詛咒生效——也就是她第一次發狂——之後大約一個星期，關在看守所的賽林格也被他的影子攻擊了。牢房外面的看守人員聽見賽林格的慘叫聲，連忙趕過去查看，結果發現他已經陷入歇斯底里的狀態。看守員花了不少力氣將他制伏，然後趁醫生進行檢查時，質問他為什麼大吵大鬧。

在看守員鄙夷而不耐煩的注視下，賽林格說出了剛才的可怕經歷。儘管他發誓自己所言屬實，還言之鑿鑿地說明影子是如何從地板上浮現，又是如何撲過來想勒死他，但是負責診療的醫生卻只認定他是在裝神弄鬼。就在賽林格歷經了影子的無數次襲擊，甚至有幾次失去意識後，原本不信邪的醫生也終於被逼得承認賽林格或許真的有些精神異常，於是開出診療證明，讓他在戒護下外出就醫。

賽林格住的是單人病房，房內只有一扇裝了鐵柵欄的窗戶，玻璃與門窗空隙都用紙板和膠帶完全遮住──因為賽林格現在一見到光就會開始崩潰尖叫。即使門窗緊閉，天花板上也有連接空調系統的通風口，所以仍有空氣流通。雖然病房裡沒有安排警衛，不過門外有兩名巡守隊員負責站崗，而且賽林格的雙手隨時都帶著手銬，因此完全不可能逃走。

如今，賽林格的生活就和艾薇達一樣，三餐都由門外隊員親自送進去，拿走餐具後再退出來。為了確保警備人力，這項工作是由下一班哨的人來做──他要提前一個小時來送餐點，同時把垃圾拿去扔掉，然後就順便用餐，等時間到了再過來接班。有些想搶新聞的記者試圖打探賽林格的情況，但是賽林格的病房號碼並沒有透漏給外界知道，再加上警備人員平常是穿著便服站崗，而且每隔幾個小時就會換哨，所以他們的企圖最後也成了枉然。

在這裡我要先說明一下，打從賽林格住進來的第一天起，巡守隊就已經確認過病房裡沒有放置任何危險物品：包括板凳、棍棒或是尖銳器具，就連餐具也只給他用塑膠製的。除了每天固定接受精神科醫生的診療之外，他在房裡擁有完全的自由，可以洗澡、上廁所、或是觀看固定在牆壁上的電視──假設他能不懼光線打開的話。即使賽林格的人身安全看似無虞，看守人員仍然在長官的交代下提高了警惕，因為在他住進這間病房後不久，艾薇達就離奇地死去了，倘若賽林格也跟隨她的腳步離世，政府跟巡守隊的處境將會變得十分難堪。

不幸的是，距離艾薇達的死才沒幾天，意料中的事情就真的發生了。那天傍晚大約七點半左右，門外的看守人員聽到房裡傳來可怕的慘叫聲，他們馬上衝進門去，結果看見賽林格已經倒臥在地，一動也不動了。一位隊員上前勘查，發現他的胸前居然插了一把小刀！當其中一位隊員跑去櫃檯求救時，換哨的人也收到另一個人的無線電通知，於是急忙趕了過來。

他們仔細搜索整間病房，卻沒發現凶手的身影，也沒找到任何凶手可能入侵的路徑。窗戶並沒有拆封的跡象，依舊從內部被膠帶貼得死死的。病房跟浴室在燈光的照射下一目了然，根本不可能躲人。此外，不管是案發前還是案發後，都一直有人守在門口，而且走廊上有裝攝影機，裡面清清楚楚拍攝出，除了巡守隊員和前來救人的醫生之外，沒有任何不該出現的人進出過門口。

醫生最後沒有救活賽林格，刀子刺進他的心臟，他幾乎在遇襲瞬間就當場斃命了。對震都的巡守隊——甚至是整個司法系統——而言，這兩起案件無疑是個重大打擊，尤其是賽林格竟然在巡守隊的監視下死去。巡守隊始終無法將整件案子定調為謀殺，但要說是自殺的話，那把小刀的出處也很難解釋——就算賽林格拜託某個人偷偷把刀子帶給他，也不可能會有人答應吧？畢竟，誰能確保他拿到武器後一定會自殺，而不是把刀子招呼到自己身上，然後逃走呢？

兩個月後，巡守隊發表了正式聲明。賽林格的死還是被歸咎到自殺上，至於那把來路不明的小刀，則被推給當時檢查的巡守員，認定是因為他們清理病房時不夠仔細，才會導致賽林格偶然找到那把刀，並且用它來自裁……當然，絕大部分民眾根本不接受這種說法。有些人認為賽林格和艾薇達一樣，是被苦苦糾纏他們的影子給殺死的；也有不少人相信他們兩個的確是自殺，但對於精神失常的真正原因，他們認為絕對是詛咒引起的——即使巡守隊從來沒承認過這一點。」

7

貓獸人米亞利雙手端著載滿餐點的托盤，亦步亦趨地跟在艾絲嘉背後。在他身旁還有另外兩位教友，手拿教典與米亞利並排同行。

米亞利看著手上的食物，忍不住擔憂起關在房間的艾薇達。儘管他相信聖靈絕對可以破除靈尊身上的詛咒，但是一想到艾薇達被折磨的苦難模樣，他就覺得無法放下心來。

艾薇達的轉變實在太大了——原本總是強悍、信心十足、充滿活力與精神的靈尊，居然在短短半個月內變得虛弱又膽怯，連毛皮都亂成一團，只要周圍出現一點動靜，她就會用無神的雙眼不停地四下環顧……如果不是親眼所見，米亞利根本不相信有人會一下子變這麼多，而這也證明了芭莉娜到底有多邪惡。

（如果世上真的有誰應該要下地獄的話，那個女巫絕對是排第一！）

每當米亞利向聖靈進行祈禱時，他的內心總會如此盼望著。雖然他們所信奉的聖靈是位願意寬恕一切罪行的慈悲神明，但是他相信「謀害靈尊」的罪行肯定沒有包括在內。

很快地，他們已經來到艾薇達的休息室前面了。為了避免祈禱被干擾，艾薇達在閉關前曾經下過命令，禁止天聖以外的人靠近這裡，因此每次送餐都必須請艾絲嘉親自帶隊，然後由她上前問候。

「靈尊，我們把晚餐送來了，請您準備一下。」

艾絲嘉伸出手敲門，奇怪的是，屋裡沒有任何回應。

「靈尊，我們已經在門外了，您有聽到嗎？」

艾絲嘉又試了一次。

「怎麼回事，靈尊怎麼沒回話？」

其中一位拿著教典的牛獸人疑惑地說。

「會不會是睡著了，要不然打個電話試試看？」

米亞利也跟著說道。

艾絲嘉掏出她的行動電話，按下幾個號碼後放在耳朵邊聽。休息室裡隨即傳來刺耳的電話鈴聲，大約響了十次之後，艾絲嘉默默地把電話掛掉。

「沒人接耶，怎麼會這樣？」

另一名馬獸人看向艾絲嘉，詢問她的意見。

「不知道……奇怪，難道她不在房間嗎？」

艾絲嘉轉了轉門把，房門依然上鎖著，她轉頭對馬獸人說：「曼菲斯，你去辦公室拿鑰匙，我們進去看看。」

「好。」

馬獸人把手中的教典交給牛人，轉身快步離去。

就在曼菲斯去拿鑰匙的時候，米亞利逐漸產生了一股不祥的預感。他想起艾薇達關進房間的第二天，他曾因為關心艾薇達的狀況，而不顧禁令偷偷跑到門口來查看，結果隱隱約約聽見艾薇達獨自一人在房間裡發出歡笑聲。當時，他就認為靈尊肯定快被這個可怕的詛咒逼瘋了，現在屋內沒有回應，一定是艾薇達出了什麼事情。他轉過頭，瞥見艾絲嘉繃著臉，虎尾微微地左搖右晃，顯然跟自己的想法差不多，可是這不可能，偉大的聖靈怎麼會……

曼菲斯沒幾分鐘就回來了，他把鑰匙插進門鎖裡轉動，然後用力一推，但是門板卻佇立在原地動也不動。

「奇怪，打不開。」

曼菲斯試著加重力道，結果也是一樣。

「換我試試。」

牛獸人上前替代馬人的位置，他抓住門把使勁猛推，接著改用身體撞，把門弄得碰碰響。

「不行，裡面好像有什麼東西擋住，推不開。」

「多出點力，你們一起幫忙撞。」

艾絲嘉語氣急切地催促道。

在艾絲嘉的命令下，身材最小的米亞利負責轉動門把，然後他們三個一起使盡力氣去撞門。撞到第三次時，門終於在『劈啪』一聲後開了條縫。

「這是什麼？」

米亞利發現門後面似乎有些東西，於是順著洞口摸進去。當指腹碰到那樣物體的瞬間，貓人就明白是怎麼回事了。

「是膠帶！門被膠帶黏住了。」

艾絲嘉皺著眉頭湊上前，也試著用手指在膠帶上面戳幾下，接著轉頭給大家新的指示。

「你們兩個也來，直接用手把它們從牆上撕開。」

眾人遵照指示，分頭從門縫把貼在牆面的膠帶剝下，慢慢將門推開。

休息室裡沒有開燈，只能倚靠走廊的亮光看出地板似乎散著不少東西。米亞利他們站在門口，看著艾絲嘉伸手進房間打開電燈。

「啊！」

當米亞利看清眼前的景象時，他覺得自己彷彿墜入了黑暗深淵。

8

已經沸騰的水壺發出尖銳的鳴叫聲，雷凱嚎跑進廚房裡面，將瓦斯爐上的火關掉，拿起裝滿滾水的不鏽鋼壺走回客廳。在此同時，波特曼往杯子裡倒入他的第五杯紅茶，然後把空玻璃壺中的舊紅茶包丟掉，換幾個新的進去。

就在雷凱嚎泡茶時，迪亞克拆開一包新的洋芋片放在茶几上，接著往沙發椅背靠去，雙手合十輕撫著下巴。

等到所有人都重新回位置上坐好後，迪亞克從桌上拿起幾張剪報，若有所思地對波特曼說：「這個故事的確很不可思議，原本正常的兩個人，突然一前一後被自己的影子嚇得精神崩潰，之後又在密不透光的房間裡死去。如果這不是詛咒的話，那可就是兩件密室殺人了。」

「教授，聽你的語氣，好像不排除詛咒的可能性？」

波特曼露出詫異的表情。

「我還以為教授既然是科學家，一定不會相信詛咒或靈魂這類東西。」

「嗯，這要怎麼說呢……」

迪亞克把剪報放回茶几上，語氣謹慎地回答道：「目前的科學技術，還沒有辦法證明靈魂這種東西是否存在。而我個人認為，對這種還沒有完全證實的事情隨便下定論，是屬於很不科學的思考方式，所以我會持保留態度，既不肯定也不否定。」

「你說『很不科學』是什麼意思啊？不是有很多人認為，超自然現象都是不科學的東西嗎？」

雷凱嚎歪著頭問。

「這麼說吧，你知道世界上存在著『黑暗物質』和『重力波』嗎？當初也是先有假設，然後才經由大量實驗與觀測，而認定它們確實存在。在這之前，即使有科學家提出質疑，也會發表一套完整的理論或是測試來加以反駁，就算反駁擊中了暫時無法解釋的部分，也只會認定是理論有瑕疵，絕對不會隨便說出『重力波根本不存在，那是迷信』這種話；但是卻有很多人在科學家尚未驗證超自然現象之前，就直接說它不存在、甚至將之視為非科學的迷信，而且他們所依循的往往只是自身觀點，而非縝密的實驗結果。更誇張的是，有不少人甚至連超自然現象的理論內容都不知道——這就像是有個人宣稱黑暗物質並不存在，但他卻連黑暗物質是什麼東西都搞不清楚一樣。跟之前的情況相比，這種下結論方式不是完全沒有科學精神嗎？」

「那麼教授，你是相信還是不相信這種東西呢？」

波特曼挑起一邊眉毛說。

「對科學家來說，相不相信並不重要，那只是思考的起點罷了。」迪亞克聳聳肩，以輕鬆的態度對他們解釋道：「比如說，因為我相信世界上有神明，所以我如果要以這點來做研究，那我就會想辦法證明它存在；而我如果不相信的話，那我的目標就會變成證明它不存在。除了立場不同外，這兩種信念的實驗程序是完全相同的，都是要反覆驗證雙方的證據，然後再得出神明是存在或不存在的結論。

此外，無論最終的結果為何，科學家都會願意接受它，因為那已經是科學所證明過的『事實』了。當然，如果之後再有新的證據來推翻先前的理論，那麼科學家也會再一次接受新的結果。

總而言之，只要實驗過程客觀公正，又能反覆驗證，科學家就會接受。相信與否根本不是重點，因為他們只接受嚴謹證明後得出來的結果，所以也沒有信不信的問題。」

「可是教授，我會問你對這案子的看法，就是想知道有沒有別的解釋。如果要以超自然力量為前提的話，那就沒什麼討論的餘地了。」

波特曼的表情看來有些為難。

「我知道，我只是表達自己在這方面的立場而已。」

迪亞克微笑著說：「如果你覺得擔心的話，我可以先告訴你，不管這件案子有多不可思議，我都不會把超自然因素考慮進去。因為我剛才已經說過，詛咒是一種未經證實的技術，而未經證實的東西很難當作推理依據。所以，除非有確切的證據可以證明它有效，否則我不會將它列入推論，這樣你能接受嗎？」

「喔。」

波特曼簡短地應了一聲，接著俯身抓起一把洋芋片來吃。

雷凱嚎和迪亞克也學他的動作，就在零食一片片消失進他們的嘴巴之際，迪亞克再度開口：

「我已經明白整個故事的經過了，但是細節還不太清楚。除了剛才講的部分之外，你有沒有其他內容要補充？」

「有，等我一下。」

波特曼把剩下的洋芋片放到一張衛生紙上，拍拍手上的食物碎屑，然後拿起杯子喝了兩口，準備繼續進行他的故事。

「我前面說到，信徒在房裡發現艾薇達的慘狀後，巡守隊就馬上趕到現場進行綿密的搜查。在說明調查結果之前，我想先來描述一下室內的佈局。休息室位於教會的三樓，是個佔地約七坪的長方形房間。進門後，會看到對面的牆前放了一個書架，書架的右邊緊鄰著衣櫃，再過去則是唯一的一扇窗戶，走到底的牆角處有間浴室。浴室對面的牆邊靠著一張床，床和浴室之間擺著沙發、矮桌、冰箱跟電視，就跟一般的小套房差不多。屋子中央是一塊沒放家具的區域，死者就躺在那個地方。

法醫仔細勘驗了屍體，確定凶器就是她胸前的短劍，死亡時間則是在下午四點到五點——也就是送晚餐前三個小時左右。和賽林格一樣，艾薇達的死因也是短劍刺入心臟，而且屍體沒有其他外傷，左胸的傷口就是唯一的致命傷。

巡守隊澈底調查過整個房間，結果發現屋內只有三個對外通道：僅有的一扇門跟窗戶、還有浴室裡的小通風口。但是通風口不過才一個拳頭大小，後面的管道還深埋在牆壁當中，顯然不可能讓人通過；窗戶和大門也從房間裡面被膠帶封死了，那些膠帶不僅貼得密密麻麻，而且相當平整——即使門上的膠帶在闖進去時被破壞了，還是可以從膠帶的狀況與證人的證詞中看出這點。

自動殺人機關的假設也被排除了，不管是機關還是凶器本身，都有太多無法成立的障礙。此外，房裡並沒有可供躲藏的角落或祕密通道。雖然巡守隊曾經懷疑凶手可能躲在浴室或衣櫃，等有人闖入再離開，但事實證明根本行不通。浴室的位置離門太遠，衣櫃則裝得滿滿的，想躲進去勢必得把衣服拿出來，而且證人們從案發後就一直站在門口，任何離開現場的人絕對無法逃過她們的視線。

凶器短劍跟其他聖物都被巡守隊拿去做過檢驗，結果只找到艾薇達與艾絲嘉的指紋，不過這一點都不稀奇，因為聖物原本就只有她們兩個人能碰。而且這如果是計畫性謀殺的話，凶手肯定戴了手套。他們也檢驗過膠帶上的指紋，發現窗戶的膠帶雖然沾有正副教主的指紋，大門的膠帶卻連一個指紋都沒有。但光憑這點也無法證明什麼，因為現場留有一個大型膠帶切割器，只要將膠帶裝在上面用來封門，自然就不會留下指紋，信徒們也向巡守隊作了證，說這是艾薇達當初閉關時使用過留在房間裡的。有人指出，內側的黏貼面還是有可能沾上凶手或艾薇達本人的指紋，可惜證人破門時用手推拉過膠帶，因此指紋完全被破壞了。

巡守隊長是個講究效率的人，他很快就決定忽略現場的問題，轉而從其他部分下手偵辦。他派人去調查芭莉娜的案發時行蹤，試圖以此作為案件突破口。在他看來，凶手是誰已經很清楚了，畢竟全國人民都知道她有殺人動機。出乎意料的是，芭莉娜有非常完整的不在場證明——至少有十位客人指稱，死者遇害的時候她正在幫他們算命。事實上，除了中午和幾位同行一起去用餐之外，她一整天都沒有離開過占卜館，館內的監視器也替這點提供了佐證。而從占卜館開車到艾薇達所處的教會，光是單程就得花上五十分鐘，因此芭莉娜絕不可能殺她。

隊長起初對這些說詞感到存疑，甚至懷疑是大家一起串供掩護芭莉娜。不過事後證明有些客人是當天才第一次見到她，而且在這幾名客人中，還包括兩個品德值得信賴的公眾人物。另外，監視錄影帶也經過專家檢驗，確認裡面的影像並沒有造假，這些都證實了芭莉娜的清白。

即使芭莉娜本身無法犯案，巡守隊長也沒那麼快放棄謀殺的論點。他認為芭莉娜有可能雇用了殺手，又或是其他曾與艾薇達結怨的人，想趁這個風頭把嫌疑轉移到別人身上。但是在案發當天，教會裡聚集了許多信徒，沒人發現有不認識的人出入，最晚入教的成員在一年前就加入了，所以也無法事先混進來。

凶手有沒有可能是內部人員呢？也許芭莉娜買通了某位信徒，要對方殺死艾薇達。不過在巡守隊的查證下，這種假設馬上就被推翻了，因為芭莉娜並沒有跟靈尊天聖會的人往來。何況對他們來說，艾薇達是如同神一般的存在，如果是為了自己的事情倒還另當別論，很難想像有人會願意為一個不認識的人，殺死自己奉若神明的靈尊。

當然，信徒的確有可能會基於私事，而對教主萌生殺意，所以巡守隊也同樣對這點展開了調查。這次的成果比之前更少，因為大家都對教主言聽計從，更樂於用物質上的付出換取她的祝福。說起來，唯一敢頂撞艾薇達的，也只有身為副教主的艾絲嘉了。三個月前，曾有信徒目擊到教主與她妹妹在吵架，原因似乎是艾薇達想買一棟新房子，卻被艾絲嘉以預算不足的理由拒絕才引起的。據說艾薇達當時罵得很難聽，甚至說以後不再讓她管這些事情了，不過這種爭執過去也發生過好幾次，根本沒什麼大不了。而且教團每個月的收入頗豐，即使艾薇達一直用捐款過著奢華的生活，也從來沒讓財務陷入困難，因此艾絲嘉不太可能為了預算問題而殺人。

就這樣，巡守隊解不開密室之謎，最有嫌疑的人又有不在場證明，他們也查不出還有誰可能犯下這起案件，就連艾薇達為何會懼怕她的影子，都沒辦法給出一個合理的解釋，但是這一點反而成了他們的幸運之處——因為有了這項難以解釋的行為，才讓精神失常的說法變得非常有說服力。

對於巡守隊來說，與其宣布破不了案，不如認定死者是發瘋後自殺，還比較不會丟臉。至於好好一個人為什麼突然發瘋，就不是他們要關心的了，反正這筆帳不要算在年終考績上就好。」

波特曼結束了他的敘述，一臉期待地望向迪亞克。

雷凱嚎也用同樣的眼神盯著龍人，等待他做出一個合理的解釋。

老實說，故事聽到一半的時候，雷凱嚎就已經放棄思考了。在他看來，這件案子根本沒有詛咒以外的答案，不過那也是因為他本身並不擅長思考這方面的事情。然而，如果換成迪亞克上場的話，他相信對方絕對有能力可以找到它。

迪亞克垂下視線，默默思考了一會兒，接著對波特曼說：「我有幾個問題想跟你確認一下，不過在那之前，你還是先說說另一件案子的細節，等等我一次問會比較方便。」

「沒問題，教授。」

波特曼點點頭回道。

「另一件案子能補充的倒是不多，不過我還是先從房間佈局開始講吧。賽林格的病房大約有四坪空間，打開門就可以看到對面的窗戶，病床在左手邊靠近牆角的位置，電視用鐵架掛在右手邊的牆上，走到底就是浴室。病房裡的東西就這麼多，沒有書櫃、衣架、床頭櫃或是桌子之類的家具，所以用餐的時候，他都只能坐在病床上吃。他的衣服是醫院的病患服，每次要換就得讓門外隊員拿乾淨的過來，然後把舊的交出去。浴室的盥洗用具是房裡唯一屬於他的物品，不過那些東西是從醫院的販賣部買來的，所以不可能夾帶其他東西。

賽林格遇襲後十五分鐘左右，支援人力就趕到了。法醫認定他的死亡時間是在七點二十到七點四十分之間，殺死他的凶器是把普通的水果刀，一般賣場都買得到。凶器上面除了賽林格的指紋之外，沒有其他痕跡。

光用眼睛看就知道，房間裡絕對沒有半點可以躲人的地方，就連病床下面也只有幾根鐵架而已。巡守隊仔細檢查了窗戶，確定膠帶完全沒有被拆過，紙板上也沒有洞可以讓刀子從外面遞進去。通風口布滿灰塵，毫無可疑之處。而在門外看守的隊員更是再三保證，不可能有人在他們沒發覺的情況下出入病房，這點同樣也從走廊的監視器得到證明。

值得注意的是，芭莉娜當天也曾進出過這家醫院——她的小兒子因為突發腸胃炎的緣故，送進了賽林格所住的醫院。他們待了約莫一個小時左右，芭莉娜就把兒子從醫院接回家，然後返回占卜館繼續工作。

巡守隊查到這件事情的時候相當振奮，認為凶手肯定是芭莉娜。不過他們隨即發現芭莉娜的入院時間是下午一點，之後她就一直待在自己的占卜館內。和艾薇達的案子一樣，有不少人可以證明芭莉娜七點到八點的行蹤，而醫生也證明艾薇達在醫院時一直和她的兒子在一起。更重要的是，一般民眾根本不知道賽林格住在哪一間醫院，除非有人洩密，否則芭莉娜沒理由找上門來。

既然芭莉娜無法犯案，巡守隊自然將懷疑的目光移向內部的人，也就是巡守隊員身上，尤其是案發時正好上哨的那三個人。第一個人叫做布拉吉，他的排班時間是下午四點到晚上八點；第二個人是克羅格，他排的班是下午四點到晚上十二點；最後是阿提洛普，這個人的班是晚上八點到晚上十二點，他就是那個準備來換班的人。

不過這種懷疑也是曇花一現，只要考慮到現場的情況，就會發現他們其實也沒辦法行兇——在賽林格遇害的時間裡，布拉吉跟克羅格都站在門外，等著換班的阿提洛普則在餐廳吃晚餐，他們的行蹤都有監視器可以證明。當然了，巡守隊也曾經懷疑是驗屍結果有誤差，不過屍體上並沒有發現藥物痕跡，也沒找到任何外傷或是瘀青，因此死亡時間的判斷應該是準確無誤的。而且布拉吉和克羅格從下午換哨後就沒進過病房，所以無法事先在房間裡搞鬼；唯一進過病房的阿提洛普雖然有機會動手，但是他送晚餐的時間是七點，驗屍報告證明了他不可能在那時殺害賽林格。當他之後趕過來時，賽林格已經死了，所以他的不在場證明也是成立的。

折騰了兩個月，巡守隊終究得出了那個不可避免的結論，也就是『沒人能進房犯案』，最後只好對外宣布賽林格是自殺。直到今天，那兒的居民還是會常常提起這樁不可思議的謎案，而且很多人相信這是貨真價實的超自然事件——據說有些做研究的人，甚至把這件案子當成詛咒存在的案例。不過，也許我們現在有機會聽到不一樣的真相，你說對嗎，教授？」

迪亞克對他的提問發出苦笑，接著長長嘆口氣。

「你可真行啊，搞了這麼一個難題給我，還逼我不得不答出來，唉……」

迪亞克再次低吟起來，腦袋左搖右晃了一會兒後，他終於抬起頭來。

「你說艾薇達房裡的聖物都損毀了，具體而言，是壞成什麼樣子？」

「我想想……」

波特曼眼睛看著天花板，一面回想一面說道：「我記得金絲法袍好像是破了幾個大洞，袖子也被撕裂開來；權杖整個身首分離，從包著棍身的鐵皮上方斷成兩截；銅杯被壓得扁扁的，不過底座倒沒事；錫板也折成了九十度，折痕正好在聖徽中間；唯一沒事的是銀幣，它就落在屍體的頭旁邊……大概就這樣了。」

「巡守隊有沒有把艾薇達的床墊翻開看看？有些床下面有不少空間，甚至可以把底板掀起來放東西。」

「有啊，不過她的床就是普通的木板床，底下沒有放東西的空間。他們還曾懷疑凶手割開床墊躲在裡面，結果後來證明是想太多。」

「既然兩位被害者都是心臟被刀子刺穿，那血跡有沒有四處亂噴？」

「沒有，刀子剛好形成栓子，把血液堵在體內了。」

「教主休息室的鑰匙放在哪裡？每個人都知道它的位置嗎？」

「放在教主的辦公室抽屜，大多數信徒應該都知道。」

「用來封住休息室門窗的膠帶是哪一種？」

「就是一般的封箱膠帶，褐色的，大概五公分寬的那種。」

「在賽林格遇害的那一天裡，有什麼人曾經進出過他的病房、又是什麼時候進出的？」

「這個嘛……早上七點的時候，布拉吉有進去送過早餐，然後九點的時候醫生來幫他看診，這時候兩個隊員都有進去陪診，以免醫生被挾持當人質。接著是中午十一點的午餐跟下午七點的晚餐，都由阿提洛普負責送進去，再來就是發現屍體的時候了。」

雷凱嚎此時突然察覺到一件事情，於是他也開口提出詢問。

「等一下，賽林格的房門前面明明有兩個人負責站崗，但是換哨的卻只有阿提洛普，這個換哨方式是怎麼排的？而且早餐居然是布拉吉送的，他不是負責站下午的班嗎？還有阿提洛普也是，他為什麼會送兩次餐？」

「哦，我忘了說，因為他們只有幾個人在輪，所以站崗的人雖然有兩個，不過每次都只有一個人換班，而且有的人是站四小時的兩班哨，有的人是站八小時的哨。排兩頭班的人要負責買賽林格的飯，然後因為時間不太配合的關係，排到阿提洛普那個時段的需要買兩次。」

「醫生每天在同樣的時段幫賽林格看診嗎？」

迪亞克接在雷凱嚎後面問道。

「對啊，不過他看了半天，對賽林格的病情還是一籌莫展。」

「當他們被襲擊的時候，沒有人看見這個所謂的『影子』嗎？」

「沒有，也因為如此，醫生一直認為是他壓力太大才會產生幻覺。」

「幻覺，嗯……」

迪亞克又開始沉思起來，接著像是發現什麼似的，突然對雷凱嚎伸出手。

「按摩器給我一下。」

「你要做什麼?」

雷凱嚎一邊交出按摩器一邊問。

「按摩一下,看看能不能刺激點想法。」

迪亞克伸長雙腳,用按摩器在右大腿上滾來滾去。

進行這項工作的同時,迪亞克看似自言自語地說:「如果光是賽林格一個人遇上這種事情,或許還可以解釋得通,但是艾薇達可沒有那種精神壓力。以時間點來看,艾薇達的發作日期比坐牢的賽林格還早,這也有點奇怪……雖然心理類的東西因人而異,不過我總覺得這不是單純的精神問題。」

「說不定是用催眠術?我聽說厲害的催眠師可以讓人看見幻覺,而且還可以設定在某些特別情況下才會發作,也許這次就是這樣。」

雷凱嚎興奮地說。

「你是說後催眠暗示。有些人也是用這種方式來解釋詛咒的成因,說當事者只是受了暗示,才會產生各種中邪或是附身的靈異現象。不過催眠術不是彈個手指就能完成的東西,要有時間、技術、還要有當事者的配合,環境跟個人體質也有很大影響。在這個案子裡,我想應該是行不通的。」

迪亞克笑著回答他。

「我還覺得這個推測蠻有希望的呢。」

看到自己的點子馬上被否定，雷凱嘟不太開心地嘟起嘴。

波特曼則哼笑一聲，露出有些複雜的表情說：「催眠術……那跟魔法好像也沒差太多了嘛，真虧你想得到。」

「不能這麼講，這種一點點的差異，有時候就是正確答案，對了。」

迪亞克對波特曼問道：「我剛才忘了問你，在這兩個案件發生的前後，有沒有出現過不尋常的事情？像是某些東西突然少了、移位了，或是有誰說了或做了意義不明的事。」

「不尋常的事情？」

虎獸人皺著眉頭努力回想。

「有個巡守隊員在搜索艾薇達的休息室時，不小心按到遙控器開關，結果發現電視被調整成靜音，這個算嗎？」

「你確定？」

迪亞克瞪大了眼睛。

「賽林格病房裡的電視也是這樣嗎？」

「這個我就不知道了。」

波特曼搖搖頭。

「不會吧，難道……可是這樣的話，那個房間要怎麼……不可能，這一定得從裡面才行，除非真有某種無形的力量可以……」

迪亞克陷入了自己的思緒之中，還念出幾句聽起來沒有意義的話。

隨後，他彷彿想到什麼似的，兩眼直盯著手上的按摩器，然後用它在腿上緩慢滾動。不知何故，雷凱嚎覺得他的動作簡直就像壓路機在壓馬路。

過了不久，迪亞克終於重新開口：「我好像知道是怎麼回事了。」

9

（終於快要結束了。）

白豹獸人布拉吉坐在靠牆的長椅上，舉起手錶確認現在的時間。

他看了看身旁的搭檔，克羅格正百無聊賴地揉著自己的狗尾巴。不過他的耳朵仍不停左右轉動，傾聽著樓層內的各種細微聲響。

（那麼認真幹什麼？這種人被宰了根本是他的報應。）

布拉吉忍不住在心裡暗罵。但他也很清楚，如果賽林格真的出了事情，他們這幾個負責看守的就要吃不完兜著走了。

艾薇達已經在前幾天死於非命，賽林格也很可能會隨後跟上，因此長官們緊張得要死，再三警告他們絕對不准出任何狀況。

問題是，上頭又不肯增加人力——總共就只有六個人輪班，其中兩個還是十二點到早上八點的大夜班。萬一有突發狀況，光靠兩名隊員只怕無法應付，到時候是要把帳算在誰頭上？

不過話說回來，除了他們六個和少數幾位長官，其他人根本不知道賽林格在哪間醫院。即使外頭有誰想對他不利，找不到人也沒轍，從這個層面來看，確實是沒有必要再增人了。

站在布拉吉的個人立場，他也不希望看到警備提升。

從小時候開始，布拉吉就有很強的正義感，長大後他加入了巡守隊，想要像電視裡的正義使者一樣，把壞蛋一網打盡。可惜後來他才知道，法律並不一定能保護好人，壞人也不見得會在逮捕後受到應有的懲罰。不僅如此，他有時甚至得反過來保護壞人——就像現在一樣。這種心態上的矛盾令他鬱悶不已，也經常使他忍不住感嘆：難道正義真的只存在於電視節目裡嗎？

老實說，當芭莉娜誓言要自行討回公道時，他忍不住在電視機前叫好。儘管這話不能大聲講，不過那段畫面給了他相當大的鼓舞，他覺得芭莉娜真是了不起的英雄，值得世人仿效。身為巡守員，他絕對有資格可以大聲說——這個世界的壞人實在太多，需要有個人挺身出來清一清了。

「啊！」

突如其來的喊叫打斷了布拉吉的回憶，他和克羅格互換一個眼神，同時起身衝向對面的病房。搶先進門的布拉吉打開電燈，看見賽林格的雙手壓在胸口前面，整個人面朝下倒在地板上。他小心翼翼地走到側邊，伸手把賽林格的身體翻開來看，接著聽見自己倒抽一口氣的聲音。

「快……快去叫醫生過來！」

克羅格立刻跑出門外去尋找救援，一刻也沒有耽擱。

當犬獸人的腳步聲消失後，布拉吉發現剛才的緊張感已經淡去，取而代之的是一股興奮之情，他的臉上還出現此時不該有的微笑。

遲來的正義降臨了——這是他現在唯一的想法。

10

即使雷凱嚎對迪亞克有信心，但他從未親眼看過迪亞克發揮實力。而這起案件聽起來又如此複雜——至少比迪亞克的故事難太多了，怎麼想也不太可能在晚餐前解決，因此他不免感到一陣錯愕。

波特曼甚至驚訝到有些激動，他把身子湊向迪亞克問：「真的嗎？你已經知道這件案子的真相了？」

「我想應該不會錯……除了這個，我想不出其他答案了……」

迪亞克雖然點著頭，語氣卻有些含糊，不過雷凱嚎並不在意。

「我就知道小迪哥一定行。」

雷凱嚎往自己的大腿上拍了一下。

「別急著捧我，要是沒實際找出證據，我的想法就只能算是臆測。不過說到這個我才想到，這件案子根本沒人知道正確答案，這樣的話，你要怎麼判斷我的推理到底對不對？」

「只要聽起來合情合理，沒有無法信服的部分就可以了。」

波特曼聳聳肩說道。

「反正我們又不是在辦案，有沒有證據根本無所謂。更何況，就算當時真的留有某些證據，現在也不可能找得到了。當然，要是教授你能明確指出證據是什麼的話，那就更好了。」

「我明白了，那就別浪費時間，直接進入正題吧。」

迪亞克深吸一口氣，開始說明他的推理。

「這件案子有兩個不可思議的地方，第一是被害者都懼怕自己的影子，第二是他們都死在連光線也無法進入的密室之中。由於第一件事情和第二件事情有些因果關係，而且只要弄清楚第一件事情，就能了解大部分的內幕，所以我先從這個地方開始說起。

在我講出答案之前，我們先稍微分析一下被害者的個性——很顯然，艾薇達是個作風大膽的人，她不惜挑選爭議事件來推廣理念，也會為了傳教而採用激烈手段。這種個性鮮明的人，遇到有人威脅要用『詛咒』來對付她的時候，會產生什麼念頭呢？一定會覺得這是宣揚神威的大好機會吧。

然而問題來了，以她的立場，當然會相信這個詛咒對她沒用，但要是詛咒不生效的話，她怎麼向大家證明她的神比詛咒更靈呢？很簡單，做出來給大家看就好了。總而言之，這整件事情全是自導自演，不管是艾薇達還是賽林格，他們害怕影子的模樣都是裝出來的！」

「裝出來的？」

雷凱嚎還以為自己聽錯了，一臉不可置信地問：「他們可是一連好幾個禮拜被影子襲擊，你說那些全是裝的……」

「這就是重點了，看到他們一連幾個禮拜都是這副模樣，不管是誰都不可能會懷疑是演的——就連本來不相信的醫生，也被賽林格給折服了。而且，要是症狀嚴重到大家認為他們死定了，結果後來卻恢復健康的話，看起來才比較像真正的奇蹟。

順道一提，詛咒的症狀都記載在報導上，艾薇達只要照著學就好。而她原本就一直在探望賽林格，所以也有機會把演戲方式教給他……我猜艾薇達可能答應他某些好處，像是保障他假釋後的生活之類的，反正賽林格欠她一份人情，說服他幫忙應該不難。不過直接交談一定會被看守員聽見，所以她應該是把訊息藏在信紙裡——可能是寫在信紙或包裝紙背後，也可能是等東西被看守員檢查後再偷塞紙條——然後交給對方。」

「可是他們的詛咒是兩個星期後才出現症狀的，如果是裝病，為什麼要拖上這麼久？」

雷凱嚎又問。

「因為那樣很容易就會被人聯想到是裝的，可是隔兩個星期的話，看起來就不太像了，而且他們也需要一點時間做準備……」

「這樣聽來是可以說得通啦，可是教授，你能證明剛才的推測嗎？」

波特曼挑起眉毛問道。

「休息室的電視被調成靜音就是證據。」

迪亞克毫不猶豫地回答。

「就連在一般家庭裡，都很少有人把電視調成靜音，為什麼教主休息室的電視反而要消音？因為電視會發光，理論上她不能看，但實際上她卻是成天躲在房裡看電視，為了避免聲音傳出去被人發現，所以才調成靜音。」

「原來如此。可是，這和他們死在密室裡有什麼關係？」

「當然有關係。」

迪亞克喝了口茶，繼續說明他的推理：「你們想想，要是一個正常人關在黑暗的房間，又沒有辦法排解無聊的話，鐵定會真的被逼瘋。但是電視開啟後多少會產生電磁波跟熱度，所以，如果我們假設有位隊員進入賽林格的病房時，注意到電視機曾經被打開過，進而發現賽林格正在裝病，應該不為過吧？

這個人可以選擇直接揭穿他，不過艾薇達不久前已經死了，所以我們可以進一步假設，要是他覺得這是個為民除害的好機會，因而將賽林格殺死的話，應該也是很合理的吧？這個推論不是沒根據的。不是有人在網路上留言，要趁賽林格被押送時去教訓他，或是通知監獄裡的弟兄代為動手嗎？仔細想想，一般人真有可能辦到這兩件事情嗎？雖然大多數的網路留言都只是隨口講講，可是留言的人如果是巡守員，那就確實有可能了。

我們再來看看另一個更簡單的事實：知道賽林格在哪間醫院的，只有包括巡守隊高層在內的極少數人；反過來說，有機會殺死他的，當然就只有負責看守的巡守員了。」

「可是波特曼前面不是說了，巡守員沒辦法殺他嗎？」

雷凱嚎邊說邊朝虎獸人看了一眼。

「的確，七點送晚餐的巡守員不可能殺他，七點半巡守員進門查看後，就發現他身上插著把刀，乍聽之下沒問題，可是這項說法有個漏洞——就是當賽林格倒在房間時，他是趴著的，所以才會有隊員上前去確認。這時，他身上真的有插著刀子嗎？」

「啊啊，所以說……」

「當時賽林格還活得好好的。是在另一個隊員跑出去求救，房內只剩賽林格和那位隊員時，他才真的掏出刀子把賽林格殺死，然後讓屍體趴回去，若無其事地等著其他人趕回現場。我想，他當時應該是用塑膠袋包著刀柄，刺進去後再把塑膠袋抽掉，這樣就不會留下指紋。」

「賽林格那個時候為什麼會趴在地上，之前的慘叫聲又是怎麼回事？」

波特曼不解地問。

「這同樣是我的推測……如果這位隊員發現賽林格是裝病，那他應該也會猜出這其實是艾薇達在幕後主使，以及這個騙局的真正目的。所以他如果趁那天送早餐的時候，騙賽林格說自己也是靈尊天聖會的信徒，然後告訴他：『艾薇達要我通知你，今天晚上七點半的時候，你要在房裡發出慘叫，接著趴在地上，兩手放在胸前裝死。等醫生來了以後，你再宣稱自己成功對抗詛咒，之後就可以不用再裝病了。』這樣一來，賽林格肯定會按照他說的去做——別忘了，這個騙局總有要結束的一天，而且艾薇達當時已經死了，因此他說不定是迫不及待。」

「所以凶手是布拉吉？」

迪亞克點了點頭說：「我是這麼認為的，他不太可能提前一兩天說，不然時間出錯就麻煩了。」

波特曼露出有所領悟的表情，大動作點著他的頭說：「我懂了，那艾薇達又是被誰殺死的？不會也是巡守隊員吧？」

「當然不是，殺她的是別人。」

迪亞克翹起二郎腿，開始說明另一件案子。

「其實就現場的狀況來看，凶手是誰根本呼之欲出——想想看，艾薇達是被凶手一刀殺死，如果是在黑漆漆的環境中，有可能這麼準嗎？何況艾薇達當時正在裝病，在這種情況下，她會隨便讓別人進房間嗎？不管怎麼看，凶手一定都是她很信任的人。在所有人裡，只有一個人被允許幫她封閉房間，因為她相信這個人絕對不會暗中偷裝攝影機來爆料；而且也是由這個人負責帶隊送餐，因為這樣才能確實掌握整個流程，以防騙局不慎曝光……」

「是艾絲嘉！」

雷凱嚎叫了出來。

「可是，艾絲嘉為什麼要殺她姊姊？」

波特曼跟著問道。

「大概是跟教團的帳有關吧。你不是也說過，宗教團體常常會有人把錢中飽私囊嗎，艾絲嘉可能也一樣。在她聽到艾薇達說以後不再讓她管帳時，她就開始著急了。因為別人接手帳簿之後一定會進行核對，這樣一來，她侵吞公款的事情就會被揭穿，剛好這時候又發生詛咒事件，於是她便決定動手殺人。」

「那密室呢？她要怎麼樣才能從封閉的房間裡出去？」

雷凱嚎急切地問。

「她不是從封閉的房間裡出去，而是先出去再把房間封閉。」

迪亞克神祕地笑著說。

「什麼？你是說她可以從外面用膠帶把門貼住？」

「這樣講也沒錯。正確地說，她是先把膠帶一條一條貼在門上——但是只貼住門這邊，牆壁那邊先浮空——接著擺一根鐵棒在門後面。等到走出去之後關上房門，用電磁鐵隔著牆把鐵棒吸起來，然後就像這樣……」

迪亞克突然拿起按摩器，在自己的大腿上來回滾動。

「……像這樣讓鐵棍在門後反覆滾動，就可以把膠帶貼得平平整整。電磁鐵只要去買鐵棒跟漆包線就能自己做，但是鐵棍留在屋裡會成為證據，所以她使用了現有的東西，也就是那根外包鐵皮的木權杖。

權杖的頭被拆掉，是因為那會妨礙棍身移動。但是只有權杖損毀的話，可能會引起懷疑，所以她把所有的聖物都弄壞，這樣權杖本身就不會太顯眼，而且也能讓人以為聖物毀壞是詛咒造成的，這就是案發當天的真相。」

「這麼說，芭莉娜和這些案子都沒有關係嗎？」

雷凱嚎問。

「我想是完全無關。」

迪亞克放下手中的按摩器，靜靜看著波特曼。

波特曼又一次表現出有所領悟的模樣，他維持那個姿勢好一會兒，接著才露出很滿意的表情。

「了不起，教授，你真的解開了整件事情。」

波特曼笑容滿面地對迪亞克說：「能夠親眼看你推理，真是沒有遺憾了。」

「我早就說過啦，小迪哥沒問題的。」

在雷凱嚎得意之餘，他的腦中突然浮現一個問題。

「對了，既然艾薇達死掉了，那她的信徒應該都跑光了吧？」

雷凱嚎問。

「沒那回事。他們說艾薇達並沒有被殺死，是聖靈降下庇佑，把教主帶到天堂去享福了。因為詛咒已經不能再傷害她，所以聖靈比詛咒更偉大。」

波特曼對他擺擺手說道。

「還有，後來有個叫米亞利的信徒，因為無法接受艾薇達死亡的事實，所以拿刀跑去攻擊芭莉娜，結果芭莉娜因此受了重傷，幾天後就死了。他們也說這是聖靈獲勝的證明，因為他們打敗了邪惡的女巫。」

「什麼跟什麼啊。」

雷凱嚎覺得有點難以理解，這種一聽就知道是騙人的話，這些信徒居然這麼輕易就接受了。而且殺了人居然還若無其事，他們的腦袋到底在想什麼？

「狂熱信徒就是這樣啦。」

波特曼聳了聳肩，彷彿看透他的心思般。

「好啦，既然案子已經解決，那我們也差不多該出去吃晚餐了，你們兩個幫忙收拾一下吧。」

迪亞克說著，開始站起來收拾茶杯。

「好。」

雷凱嚎和波特曼也站了起來，一起動手清理桌面。

11

波特曼從背包中拿出換洗衣物，走進浴室將門鎖上。

原來殺死艾薇達的是艾絲嘉啊——波特曼一邊暗自思忖，一邊把手上的東西放到地板上，然後走到牆邊把窗戶打開。

迪亞克的推理應該沒有錯誤，但是在賽林格的案子上，波特曼還知道另一種不同版本的真相——那是在他罹患腸胃炎，從醫院回家休息後得知的。

案發那天，芭莉娜——媽媽有不少客戶等著下午要來算命，雖然芭莉娜原本想把工作全部取消，留在家裡專心陪他，但是他們家的經濟狀況並不穩定，不能隨便把客人推掉——尤其當天還有一位好不容易才排出時間的大客戶。因此芭莉娜只能帶波特曼回家，叮嚀他一定要乖乖休息，然後趕回館裡繼續開業。

這時候，他們還不曉得賽林格也在那間醫院，而他在芭莉娜離開後，也乖乖躺進自己的被窩，閉上眼睛睡覺。

不知道睡了多久，波特曼做了一個奇怪的夢。他夢到自己趴在一個黑暗的狹窄隧道中，背後不斷有風在吹。他感受到前方有某種東西正在呼喚他，他也強烈地想要回應這個呼喚，於是不由自主地向前爬，並順著感覺轉了幾個彎，最後在某個地方停下來。他伸手摸摸前方，發現地上有個裝了柵欄的通風口。他移動到通風口前，把耳朵貼在上面仔細傾聽。

呼呼的風聲中，夾雜了某個熟悉的聲音。他一下子想起來，那是殺死哥哥的壞人的聲音。不過在這個聲音之外，還隱約可以聽到另一個說話聲，那個聲音十分空洞，宛如從潮濕的地底深處傳來。當時他們的對話內容，波特曼直到現在都記得清清楚楚。

「真的嗎？你真的要帶我去沒有光的地方嗎？」

「真的……把靈魂給我，我會帶你到地獄最深處，你的靈魂可以永遠待在黑暗裡……」

「好，我要……要怎麼給你？」

「摸摸你的床頭……後面有一把刀……」

「真的有……怎麼可能，他們明明搜過了……這裡本來沒這東西啊？」

「它一直在那兒，從你住進來的第一天開始……是我讓他們看不見，這就是我的力量……來吧！用它往心臟刺下去，我就可以帶你走了……」

「我……我真的不會再見到光了？你不會騙我吧？」

「絕對不會……你永遠也見不到可憎的光線……」

「好，好……我答應你，我答應你……」

隨著賽林格發出一聲慘叫，波特曼也從夢中清醒過來。儘管他不明白這個夢代表什麼意思，但是卻覺得非常害怕，於是把頭埋進棉被裡偷偷哭泣。

後來他才知道，那是惡魔在引誘賽林格的聲音。當波特曼把這段夢境告訴芭莉娜時，芭莉娜喜出望外地表示他的資質比媽媽更棒，因為他感受到賽林格即將被惡魔帶走，所以才會做這個夢，這也證明他繼承了家族的優良血統。

至於艾薇達，芭莉娜一開始就知道這是她在自導自演——因為她根本還沒開始下咒。雖然媽媽猜她應該是故意想藉由這件事情來宣揚神蹟，不過媽媽也不急著拆穿她，一來是因為說了沒人會信；二來，則是因為很快就會輪到她，到時她也只能悽慘地抱怨自己弄假成真。沒想到艾薇達後來卻被人殺死了，而且那個叫米亞利的狂熱信徒還認為是媽媽的錯，跑到占卜館來刺殺媽媽。

「我已經占卜過了，凶手應該是她很親近的人，我想可能是她妹妹，動機跟金錢有關。不過我的占卜不一定準，你還是得自己弄清楚才行。」

在芭莉娜臨終之前，她對波特曼說出了自己的遺願。

「如果殺死艾薇達是因為跟她有仇、或是想幫我們出口氣，那就算了。但如果是為了私慾想利用我們，把罪名栽到我們頭上的話，那就絕不能放過他，知道了嗎！」

波特曼答應母親，一定會想辦法弄清楚事情真相。多年後的今天，他終於可以實現諾言。

當初聽到雷凱嚎吹噓迪亞克的事蹟時，他的確有些不以為然，不過他隨即想到如果教授真的那麼厲害，或許就能拜託他來尋找真凶。於是他故意說要拿謎案來考迪亞克，看看他的功力如何，個性老實的雷凱嚎就這樣被他利用，成功說服迪亞克接下案子。

起先他還很擔心迪亞克會推理失敗，或是推理內容和占卜不同。不過既然結果一樣，那就肯定不會錯了。

雖然對教授和小凱很不好意思，但波特曼實在無法靠自己找出真相，只好利用他們的熱情。這不光是媽媽的遺願，也是我自己想做的。歷史已經證明了這個世界就是人善被人欺，何況艾絲嘉也不是什麼好人。別的不用提，光憑她還在經營那個詐欺的邪教，就足以證明一切——儘管艾薇達在世時表現得很虔誠，其實這兩姊妹根本就不信神鬼之說，她們只是利用宗教來斂財的神棍而已。

波特曼攤開換洗衣物，露出藏在裡面的塑膠盒。他打開盒蓋，把事先剪好的紙人與縫衣針等工具全拿出來，擺在充當祭壇的盒子上。

很巧的是，「影子詛咒」只能在十五號——也就是滿月時——施展，在他確認拜訪迪亞克的日期時，他就發現今天剛好可以施咒。

即使每個月都有機會，他卻連一刻都不想多等，所以決定冒點險，把施咒物品一併帶過來。

波特曼用針刺破手指，在紙人身上寫下「艾絲嘉」三個字。他望向窗外，確認天上仍有一輪皎潔的滿月，接著跪坐在紙人前面開始念咒。

「安布里，薩烏離，翁，雷迪斯卡，克利歐，影子去吧，帶走我的敵人，到虛無之境去，伊威魯庫魯，拉美利塔，美利亞，巴貝魯嘎……」

隨著咒語低聲念誦，紙人的影子似乎也開始微微搖晃起來，接著眼睛的部分發出了微微紅光，彷彿逐漸睜開一般。

緝毒犬與檢疫貓

這是我投稿到第四屆野萃文學誌的作品。這次的主題是「天賦職能」，也就是職業和能力要有關聯。若只是將獸人的動物天賦發揮不免有些尋常，所以我想辦法做了點變化，最後成功得到首獎。

原本我想讓克也來擔任負責解謎的角色，不過最後還是沒這麼做，因為有些人不喜歡偵探在結尾才出現的寫法。但是由於劇情編排的需要，再加上這件案子本來就是打算讓克也來解決的，所以最後決定折衷，以故事裡的方式來呈現。

這篇小說完成沒幾年，就出現非洲豬瘟的新聞，負責堅守海關的檢疫犬一時成了熱門話題，讓我不禁想著如果當時拿這個故事去投搞台推徵文獎，說不定就能趁著那股風潮進入決選了，實在是相當可惜。（不過也只是想想罷了，畢竟台推獎只能投稿未公開作品，而且我不喜歡讓作品搭上時事，如果真的進去我反而不會開心。）

1

「嗯？」

塔里曼站在巖山國際機場的通關口前，仔細嗅聞著眼前的牛獸人。不到五秒鐘的時間，這隻有著奶油色毛皮的犬獸人就做出了他的結論：「先生，你身上有違禁品的氣味，麻煩你跟我們來一趟。」

當塔里曼說完這句話之後，一旁的航警立刻將滿臉驚恐的牛獸人帶到另一頭的房間裡去。雖然塔里曼並沒有說出違禁品是什麼東西，但是任何人只要看到他身上那件印有「緝毒犬」標誌的背心，就能馬上明白，又有偷運毒品的人被抓到了。

塔里曼朝牛獸人離開的方向瞥了一眼，接著轉過身去，繼續繞著其他旅客的身邊打轉。等到整排旅客全都被他檢查過一遍，他才退回牆邊待命，順便深吸幾口新鮮空氣讓鼻子休息。

在檢查旅客的過程中，塔里曼聞到好幾種來自同一品牌的香水氣味，勾起他一段不愉快的回憶。塔里曼以前曾是一家知名香水廠商的調香師，由於犬獸人的嗅覺天生就比大多數種族更加靈敏，因此做起來十分得心應手。可惜某天公司的秘方突然失竊，而他是負責保管的其中一人，結果他雖然不需負賠償責任，卻還是被迫引咎辭職。

正當塔里曼離開公司，想著以後該怎麼辦的時候，恰巧看見機場刊出招募緝毒犬的公告，於是他就抱著有些自暴自棄的想法跑去應徵了。當然，緝毒犬都是由真正的狗來擔任的，因此機場方面原本並不同意僱用他。不過在他們發現塔里曼擁有與狗交談這項極為罕見的天賦，以及跟緝毒犬一樣敏銳的嗅覺之後，他們就決定破例，讓塔里曼成為唯一一位由獸人擔任的緝毒犬了。

「啊，這次又是被你找到啦。」

塔里曼回過頭，發現是一隻名叫布萊恩的拉布拉多犬在對他說話。

「如果是我們找到的話，就能用毛巾玩一次拔河，這幾天都被你找到，我們都沒有毛巾可以玩了。」

布萊恩從喉嚨發出失望的嗚嗚聲。

「這個也是運氣啦，下一次說不定就輪到你了。」

塔里曼摸摸布萊恩的頭安慰道。

「希望如此。」

話剛說完，布萊恩突然以奇怪的方式扭動起牠的屁股。

「糟了，我想要尿尿，你幫我說一下好嗎？」

「啊……喂，威廉，布萊恩想上廁所了，你帶牠去一下吧。」

塔里曼一聽，趕緊提醒牽著布萊恩的那位訓練員。

「喔。」

對方應了一聲，馬上帶著布萊恩往休息室的方向走去。像這樣跟每隻緝毒犬互相溝通，然後替牠們說出個別需求，就是塔里曼在休息時的額外工作了，這是機場當初僱用他的交換條件。

「我也想上廁所，你也帶我去一下吧。」

這回開口的，是負責檢疫工作的貝利。塔里曼朝來者瞄了一眼後，以開玩笑的語氣回應對方：「拜託，你跟那些狗又不一樣，幹麻叫我帶你去，難道是要幫你換貓砂嗎？」

「你願意做的話，我當然不反對啊。不過吃飯的時候可別抓住這一點，叫我幫你倒狗食喔。」

貝利把頭歪向一邊，那張布滿白毛的貓臉上也隨即露出俏皮的微笑。

和塔里曼一樣，貝利也是因為能力出眾而被破例僱用，只不過貝利加入的並非緝毒犬，而是檢疫犬的行列。由於彼此均為機場裡的特殊成員，再加上貝利的語言能力跟塔里曼剛好相反，因此他們偶爾會像這樣，互相拿對方的種族或工作內容來開玩笑。

「我才不要你幫我倒狗食呢，搞不好你聞一聞就流一堆口水在裡面。」

「亂講，明明是你每次都偷吃我的乾糧。」

貝利稍微調整了一下身上的背心，然後對塔里曼說：「好啦，組長要我來通知你，下班之前先去辦公室找他。」

「要做什麼？」

「不知道，大概是有什麼事情吧，反正我們兩個都要過去。」

「你也要去？」

塔里曼訝異地抬起眉毛。

「沒錯，所以下班的時候你可別開心得直接跑回家裡，要是害我等半天等不到人，我會用力打你的頭。」

說完，貝利踏著輕盈的腳步轉身離去。

2

雖然緝毒犬和檢疫犬的工作不同，但由於業務內容十分接近，因此歸類在同一個組別之中。

當塔里曼和貝利走進辦公室時，他們的組長杜爾本正好掛上電話。這位肥胖的獅獸人一看到門口的人影，立刻從椅子上站了起來，同時拍拍發皺的深藍色制服，彷彿早已等候多時。

「你們來啦，那就跟我一起過來吧。」

杜爾本沒有做出任何說明，只是逕自帶領他們離開辦公室。塔里曼跟隨組長穿越機場大廳，走進他從來沒有去過的偏僻走廊，接著又拐過兩個彎，才在走道盡頭的某個房間前面停下。

「好，我們先在這裡等一下，等副組長來了以後……喔，來了。」

塔里曼回過頭，看見格瑞斯正從走廊另一頭趕過來。格瑞斯是個身材苗條的黃毛虎獸人，與他的體型不太搭調的粗壯虎尾從制服後面高高挺起，並隨著走路動作左右搖晃，看起來像隻附有黑色虎紋的大型雨刷。

「時間算得還真準，趕快幫我們開門吧。」

塔里曼和貝利退到一旁，讓副組長用感應卡把門鎖打開。這個房間比塔里曼想像的還要狹小一些，裡面只放了幾個堆滿雜物的置物架，以及兩個附有轉盤鎖的大型置物櫃。窗戶則設置在門的正對面，外頭還裝有柵欄型的鐵窗，透過玻璃往室外望去，可以清楚看見停在遠處的飛機跑道。

杜爾本走到置物櫃前面，然後轉過來對塔里曼說：「好啦，你們來聞一下這兩個櫃子，看看上面有沒有不尋常的氣味吧。」

「什麼？」

塔里曼驚訝地反問：「這是要做什麼？」

「你沒告訴他們是怎麼回事嗎？」

格瑞斯也跟著望向杜爾本。

「喔，我忘了。」

杜爾本往後翻了翻眼珠，他低吟一陣後對格瑞斯說：「你來說吧，這件事情是你發現的。」

「好。」

既然得到組長首肯，格瑞斯便把話接了下去：「嗯……等一下我要告訴你們的事情，記得千萬不可以說出去，知道嗎？」

塔里曼和貝利疑惑地互看一眼，接著點點頭表示同意。

「你們也知道，所有檢查出來的違禁品都會被沒收，並且依照它們的種類來決定是要進行拍賣或是銷毀。但沒收的如果是現金、毒品或爆裂物的話，由於那些東西屬於非法物品，因此會轉交給警方處理。而沒收品在送出去拍賣以前，就是存放在這裡。」

格瑞斯一面說著，一面朝牆邊的置物櫃指去。

「不過前些日子我卻注意到，裡面有些東西的數量好像不太對。起先我以為是自己多心，因為物品的數量跟登記本的紀錄是相符的。但是後來我連續觀察了一段時間，結果發現東西的確有減少的跡象，不僅如此，就連登記本上的紀錄也被人巧妙地修改過了，這可不是開玩笑的，所以我和組長討論了一下之後，決定找你們兩個來幫忙。

「既然有東西被偷，那不是應該要趕快報警才對嗎？」塔里曼不解地問。

「可是問題沒這麼簡單啊。」這回換杜爾本開口。

「老實說，我還是不太相信真的有東西失竊。當然，我不是懷疑他告訴我的事情，只是剛才你們都看到了，這個房間的鑰匙是由副組長負責保管的。即使是我想進來這裡，也得去通知格瑞斯，請他親自拿卡片過來開門，而這兩個置物櫃的密碼也只有我一個人知道。就連我跟副組長都沒辦法單獨進來打開櫃子，我實在很難想像其他人要怎麼把東西偷走。」

「所以我才會說要找他們來幫忙檢查，只要能確定有別人曾經碰過這兩個置物櫃，不就證明真的有小偷了嗎？」

「對啦對啦。」

「組長，我們可以開始了嗎，我想早一點回家。」貝利梳理著自己的貓毛，語氣中透露出些許不耐。

「沒問題，沒問題，我們趕快開始吧。等一下我會告訴你們怎麼檢查，只要照著做就行了。」

杜爾本一邊呵呵笑著，一邊往他的大肚子上拍了兩下。

3

「呃……我們先來檢查轉盤的部分好了，因為這個櫃子只有我會開，所以上面應該只有我的味道才對。等等你們一個檢查左邊，一個檢查右邊，然後兩個互相交換。啊，你們要先聞聞我的手，對吧？」

塔里曼皺眉看著杜爾本將其中一隻胖手掌伸過來，即使不用刻意靠近，也能聞得到玉米餅和洋芋片的氣味。塔里曼不太情願地作了個深呼吸，接著把臉靠近獅獸人的手，輕輕吸取附近所有的空氣。

原子筆的油墨味、零食的油膩味、以及皮膚分泌的油脂味……儘管對方手上混合著各種氣味，但塔里曼還是一下子就分辨出屬於杜爾本的獨特體味，並在直起身體的時候努力控制臉上的表情，好讓自己不會像分到另一隻手的貝利一樣擺出一張臭臉。

站到置物櫃前面時，塔里曼突然想到一個問題：「只要檢查轉盤就好嗎？握把要不要也順便檢查一下？」

「好，當然好，就一起檢查吧。」

格瑞斯點點頭說。

塔里曼再次彎下身體，然後吸氣。首先竄進鼻腔裡的，是鐵製轉盤生銹而發出來的氣味，不過他很快就聞到了其他的味道。塔里曼連換氣的時間都不用，就能斷定這是杜爾本殘留下來的味道。他試著想從中辨別出別的氣味，卻什麼也聞不出來，即使重新換氣再吸一次，得到的結果也還是相同。

「我很確定，上面沒有其他人的氣味。」

反覆確認了三四次後，塔里曼說出他的調查結果，然後又低下頭去聞把手的部分。這次他檢查得更加仔細，可惜把手上仍舊只有鐵銹和灰塵的氣味，因此沒多久他就再度搖了搖頭，並表示這裡也沒有組長以外的人碰過。

「我這裡也是，什麼東西都沒聞到。」

貝利此時宣布了另一頭的調查成果，接著請杜爾本移動他碩大的身軀，好跟塔里曼互相交換位置。他們重新嗅聞起對方已經檢查過的部分，並以幾乎相同的速度，證實彼此的嗅覺毫無錯誤。

「都沒有？不可能吧。會不會是小偷戴了手套，所以你們聞不到？」

格瑞斯皺起眉頭問。

「不太可能，因為手套也有手套的味道，唯一沒味道的大概只有棉手套。但是即使戴了棉手套，身體的氣味還是會穿過纖維留在上面。」

塔里曼否定了這種可能性。

「戴上手套也沒用，別忘了毒品和食品大多是密封包裝的，還不是照樣被我們搜出來。要是氣味有那麼容易掩蓋的話，我們早就失業了。」

貝利的語氣有些僵硬，顯然不太高興自己的能力被人質疑。

「好啦，置物櫃上面沒味道也沒關係，我們換登記本來試試看吧。」

杜爾本依然露出一副輕鬆的表情，他一邊要塔里曼稍微往旁邊退開，一邊伸手解開鐵門上的轉盤鎖，接著拉動把手打開置物櫃，從裡面拿出一本藍色封面的筆記簿。

「我看看……我是今天才發現東西少了，所以應該是昨天丟的，丟掉的那幾頁在哪裡……來。」

格瑞斯從杜爾本手上接過筆記簿，翻到其中一頁之後又遞給塔里曼。

「這裡、這裡、還有這裡，這幾個地方都有被改過，看得出來嗎？」

塔里曼仔細看著虎獸人指出來的部分，這才明白格瑞斯先前說的「巧妙」到底是什麼意思：小偷刻意挑出一些寫得很潦草的數字來塗改，讓人以為改過的部分原本就是寫成那樣。雖然有兩三個部分修得不太完美，可以隱隱約約看出九被改成了八，七和一被改成零，但也無法證明它們曾經被人竄改過。

「我剛剛指的這幾個部分你們都聞聞看，還有封面和封底也要。如果真有人動過這本筆記，他的手在寫字的時候一定會靠到紙上。」

由於登記本是正副組長共同管理的，因此塔里曼先確認了格瑞斯的氣味，然後才把臉埋進書頁之中。

這次的檢查工作比剛才還要困難好幾倍，因為原子筆的油墨把大部分的味道都掩蓋過去了。塔里曼閉上眼睛，來來回回地專心嗅聞了好幾遍，最後總算找到附著在登記本上的氣味。

「嗯……沒有，這上面只有你和組長的氣味，沒有其他人的。」

塔里曼照著格瑞斯的指示，從書頁一路聞到封皮外面，一直等到完全確定氣味的來源之後，他才把登記本拿給貝利去作複查。這次貝利的分析速度比塔里曼快得多，可惜結果只證實塔里曼的推斷沒錯。

「登記本也沒有氣味？怎麼會……難道才過一天而已，氣味就散光了？」

格瑞斯的表情顯得相當驚慌，似乎完全沒料到會發生這種事情。

「不可能，根據我的經驗，氣味至少能在物體上殘留三天。如果是紙張或書本這種會吸氣味的東西，殘留的時間就會更久，就算是一個禮拜前的氣味我也聞得出來。」

塔里曼十分肯定地回答。

杜爾本此時像是完成某些重要工作般的大嘆一口氣，然後拍拍手對大家說：「好啦，好啦，我看大概是有什麼地方弄錯了。反正該查的都已經查過了，今天就先到這裡好了。」

「好吧。」

格瑞斯沮喪地點了點頭，接著對塔里曼說：「現在時間也不早了，你們兩個趕快回去吧，辛苦了。」

4

「曼……阿曼……」

「嗯？啊？什麼？」

塔里曼感覺自己的大腿好像被某樣東西碰到，急忙低下頭查看，結果發現是布萊恩正在用鼻子頂他。

「你今天是怎麼了？我叫你都不理我。」

布萊恩抬頭看著塔里曼，水汪汪的大眼睛裡流露出譴責的意味。
「沒什麼，只是在想點事情而已，你想跟我說什麼？」
「我覺得肚子好餓，可不可以叫他先給我幾塊餅乾？我知道現在還沒到吃東西的時候，可是我真的快受不了了。我保證，等一下吃飽也不會偷懶的。」
「你想吃東西？這個恐怕有點困難喔。」
塔里曼猶豫了一下，接著露出為難的表情轉向布萊恩的訓練員。
「威廉，布萊恩說牠快餓扁了，你能不能先拿一些點心給牠？」
「不行不行，要是吃飽了反應變遲鈍怎麼辦？」
威廉搖搖頭說道。
「牠說牠保證不會偷懶，這樣也不行嗎？」
「不行，要是這次破了例，以後牠又想吃的話要怎麼辦？而且這樣對其他的狗狗也不公平啊。」
「好吧。」
塔里曼重新低頭看著布萊恩。
「看來不行耶，你再忍耐一下吧。」
「嗚嗚。」
布萊恩失望地垂下尾巴，而牠的肚子也適時地發出聲音。
「嘿，你們在做什麼？布萊恩怎麼垂頭喪氣的，你在欺負人家嗎？」

當布萊恩被牠的訓練員牽走後，貝利也跟著靠過來。

「才沒有，不要胡說。」

塔里曼隨口應了兩句，又陷入原先的思緒之中。

「怎麼了，心情不好嗎？」

貝利發覺眼前的犬獸人沒有像平常一樣回嘴，於是關心地問。

「不是，我在想昨天副組長說東西被偷的事情。」

「你還在想那個啊。」

貝利朝天花板翻起眼珠，彷彿這事不值一提。

「那是他弄錯了啦，要是真有小偷的話，我們怎麼可能查不出來？再說，就算真有東西失竊，那也不關我們的事情，難道你還要把小偷給找出來嗎？」

「那倒不是……只是這事讓我想起之前的那份工作。當時我連東西是怎麼被偷的都不知道，就被趕出公司了，至少現在還有機會弄清楚是怎麼回事。我很想知道到底是副組長弄錯了，還是真有一個厲害的竊賊在搞鬼。」

「知道那種事情又能怎樣？你不要跟我爸一樣，沒事去管人家的閒事，到時候後悔也來不及，就不要怪我沒事先警告你。」

這話雖然有些刺耳，不過塔里曼倒也能理解貝利的心思。

貝利從小就被一位豹獸人收養，養父則是個平凡的上班族。有次他在回家的路上看見有人吵架，便好心上前進行勸架，沒想到雙方突然大打出手，還把他一起捲進去，結果貝利的養父被推開時，頭部意外撞上路旁的電線桿，最後傷重不治。從此以後，只要碰上任何可能危害到自身安全的事情，貝利都不肯靠近。而像調查竊賊這種風險極高的事情，自然更會引起貝利的大力反對。

「我沒有要管閒事啊，只是站在這裡想想而已，想想總沒關係吧？」

塔里曼刻意裝出輕浮的樣子，企圖緩和目前的緊張氣氛。

「哼，想想而已……」

貝利似乎也察覺到塔里曼的用意，所以恢復平常的語氣說：「那你都想了些什麼，說來聽聽。」

「哦，那可多嘍。」

塔里曼一邊將自己的尾巴拿在手中玩弄，一邊回答：「我在想，小偷的修改技術還真不是普通的好，連立可白都不用，就直接用原子筆把本來的數字補成另一個數字，筆跡看起來也幾乎一樣，這樣根本分不清是不是本人寫的，難怪組長不敢直接報警。」

「是啊，與其相信小偷有這麼高超的技術，我想正常人應該都會認為副組長弄錯的可能性比較大吧？」

「還有我昨天看了一下，發現鐵窗的柵欄大概有二十公分的間隙，雖然空間已經足夠讓人把手臂伸進去推開窗戶，但要碰到櫃子也還差好幾公尺。而且鐵窗是用鋼釘固定在水泥牆上的，所以小偷就算把鐵窗拆掉，大概也裝不回去。」

「外頭都裝鐵窗了，你還能想著要怎麼從那兒進去，我也算是服了你。你該不會真的認為，有人能在機場裡做出拆鐵窗這麼顯眼的事情吧？」

「不過最奇怪的，還是置物櫃跟登記本上面沒有氣味的事情。先不管他是怎麼弄的，一般小偷會做到連氣味都想掩蓋的程度嗎？再說，如果小偷有做好事先防範，就表示他已經料到有人會進行確認了吧？但是，就連我們公司失竊時，警察也沒有想過要調查這一點，他怎麼知道副組長會提出這種要求呢？」

「或許也可能是，因為那些東西打從一開始就沒人碰過，所以他並不需要知道這些，也不需要用任何方式去掩飾味道。」

「哎呀，你不要一直跟我唱反調嘛。」

看見對方不斷吐嘈自己的想法，塔里曼不禁有些動氣。

「我只是說出事實而已。就算警察來調查這件事情，他們肯定也會問相同的問題。我倒想問問你為什麼會一直往那個方向去想，因為副組長說東西少了，所以你就信嗎？你怎麼知道不是他弄錯了？」

貝利冷冷地反問。

「這……」

塔里曼一下子說不出話來。經對方這麼一提，他才發覺自己的確跟貝利說的一樣，只是憑著副組長的單方面說法，就相信機場內部遭竊了。

更重要的是，儘管他嘴上說想要知道事情的真相，但事實上，他的心裡早就已經選好其中一個答案了。

「你看，你也講不出來吧。我是不知道你為什麼要浪費時間去想這個，不過我勸你還是早點放棄比較好。」

貝利一邊不耐煩地搖晃著尾巴，一邊轉頭往登機門的方向看去。

「好啦，我看到外面又有一架飛機降落了，你知道這代表什麼吧？可以準備上工了。」

5

接下來的十五分鐘裡，塔里曼完全沒空去想其他的事情。大批旅客魚貫地穿過登機門，並在海關前面排成幾條長長的人龍，準備接受最後的通關檢查。而塔里曼與其他的緝毒犬則在人群中來回穿梭，以確保這些旅客沒有偷渡任何違禁品入境。

突然，塔里曼用眼角餘光捕捉到後面有個人正在四處探頭，接著悄悄從其他隊伍改排到他這一邊，這是個好現象，表示待會檢查時要做得更仔細點。

跟其他緝毒犬相比，塔里曼找到違禁品的機率更高，因為這些人要不是老愛懷疑他的能力，就是笨到以為他這排是唯一不會進行檢查的隊伍，而刻意朝他那邊移動過去，結果自然就是被塔里曼給當場活逮。

塔里曼不動聲色地繼續檢查，同時在心底暗暗算起對方和自己的距離。還差十個人、九個人、八個人……

「嗨。」

當他走到對方面前時，那位身穿休閒服和棉質長褲，雙手各提著行李跟筆記型電腦的狼獸人以輕鬆的語氣向他打個招呼。

「喔，是你啊。」

一看見狼人那張布滿棕色毛皮的臉，塔里曼不自覺地應了一聲，原本緊繃的神經也頓時鬆懈下來。

這名狼人叫做克也，是塔里曼以前認識的朋友。雖然塔里曼到機場工作之後就和所有朋友都斷絕了聯繫——因為他們勢必會問到自己的近況，那樣就得一再重提被開除的傷心往事，而且現在的工作實在令他難以啟齒——不過他們以前的關係相當不錯。

「嘿，你這麼久沒聯絡都在做些什麼？怎麼現在變成在做這個？」

「不好意思，我得先把這邊的工作弄完才行。你能不能先到外面去等我？等等有空的時候我們再聊。」

塔里曼匆匆打斷克也的提問。

「啊？哦……好啊，那我等一下就在門口那邊等你。」

克也稍微愣了一下，接著朝出口的方向點一下頭。

塔里曼也向克也點頭示意，然後低頭檢查對方的身體和行李。等到其他旅客也全都被檢查過一遍之後，他才急忙走出去尋找克也。

「喲，你的事情已經弄完啦？」

克也一見到塔里曼的身影，便快活地對他說道。

「只是暫時休息而已，有人來就要再回去了。」

塔里曼邊說邊朝狼人走近。

「不錯嘛，上班的時候居然還可以休息。」

克也將目光挪向犬獸人身上的背心，接著又問：「你怎麼會跑到機場來當緝毒犬，原本的工作不做了？」

「公司那邊出了一點事情，所以就辭職了，沒什麼好提的。」

塔里曼輕描淡寫地回答。

克也挑了挑眉毛後，突然像是想到什麼似地說：「啊，該不會是因為什麼公司秘方失竊吧？我記得報上有登這篇新聞，你是因為那件事情才離開的？」

「呃……對，你的腦筋還是動得跟以前一樣快啊。」

既然被對方主動說破，塔里曼也只好露出尷尬的表情承認。

「只是剛好想到而已。」

克也發出幾聲乾笑，顯然察覺到自己問了不該問的事。

「不過我從來沒聽過這種工作有開放給人做耶，你每個月拿得到錢嗎，他們不會用狗食來代替薪水吧？」

「他們是付錢，不過金額只比飼料費多一點，可能是因為他們給我的是比較高級的狗食吧。」

「哈哈，說不定喔。」

趁著克也轉移話題的空檔，塔里曼順勢詢問對方：「對了，你現在是出差完準備要回家了嗎？」

「不是，是出去玩完回來了。這次我跟兩個朋友一起到震都去，然後因為其中一個人邀我們到他家去坐坐，所以我們就先繞到航空城那裡，最後再自己搭飛機回家。」

「我沒去過震都，那裡好玩嗎？」

「當然好玩，而且我在機場等飛機的時候，居然還遇到我學長。他那幾天也是跟我們去同一個地方玩，只可惜當時沒有見到面。不過聊天的時候我們發現了一點小問題，還好稍微討論一下就解決了，沒有演變成無解的謎案。」

（謎案啊……）

這句話讓塔里曼生出了一個想法：雖然副組長交代說昨天的事情千萬不可以透露出去，但是克也是他過去的朋友當中最聰明、也最值得信賴的。如果他把問題告訴克也，並且請他絕對保密的話，說不定有機會得到一些提示或答案。

想到這兒，塔里曼突然開始後悔自己和這位好朋友疏遠了。儘管他之前並不是公開和人家絕交，只是單方面沒跟對方聯絡而已，不過這仍讓他覺得自己沒什麼立場請對方幫忙。況且，他明明就想放棄以前的朋友了，結果現在需要人家幫忙的時候，又想裝作沒事來修復關係，這種行為似乎也太自私了點。

「怎麼了？」

克也發現了犬獸人的異狀，疑惑地直盯著他。

「啊……沒有，我只是在想，之前那麼久都沒跟你聯絡，不好意思哦。」

塔里曼摸摸鼻子，有些愧疚地說道。

「沒關係啦，不過就是少說一點閒話。而且你換工作也很忙吧，等有什麼重要的事情再聯絡也無所謂。」

克也聳聳肩表示。

「謝謝你。」

塔里曼考慮了一下，最後還是決定把事情說出來：「其實我還真有點事情想找你商量，不過這件事情很重要，你可以保證絕對不會洩漏出去嗎？」

「好啊，有什麼事情你就說吧，我看看能不能幫得上忙。」

克也二話不說就點頭答應。

6

塔里曼很快地把昨天的事情說了一遍，其中也包括了他告訴貝利卻被駁斥的想法。克也聽完後稍微沉思一會兒，接著開口問犬獸人：「我覺得你同事講的倒也沒錯，為什麼你不認為是你們副組長弄錯呢？」

「這個……因為副組長平常做事情都蠻認真的，我實在很難想像他會弄錯這種事情，而且他也說他查證過了——雖然沒什麼確實證據可以證明。如果他像我們組長一樣，弄什麼東西都隨隨便便的話，那我就會認為是他弄錯了。」

「但做事再認真的人也一樣會犯錯，不是嗎？」

克也一邊來回撫摸著自己的狼吻，一邊對塔里曼說：「機場裡不是有裝很多監視器，把影片拿出來看看就知道啦。」

「我看過了，那附近就只有大廳拐過去的第一個轉角處有裝監視器。今天早上我特地提早跑來，請安全室的人調出影片，沒看到什麼可疑的陌生人進去那條走廊，這一點安全室的人也有幫忙確認。」

「窗戶外面有監視器嗎？」

「沒有，不過我檢查過鐵窗了，上面並沒有被動過手腳的痕跡。」

「我想也是。那通風口呢，那裡有沒有類似我們頭上的那種玩意兒？」

克也伸手指向天花板。

「沒有，大概是因為那裡是儲藏室，所以就沒裝了。」

「紙箱或儲物櫃呢？有沒有可能事先利用某個機會混進去，然後趁大家不注意的時候偷偷躲起來，等其他人離開再出來行竊？」

「不可能，因為那裡根本沒地方躲，而且組長和副組長平常都會親自把東西搬進去，所以也沒機會混進房間。事實上，除了我和貝利以外，那個房間好像從來沒有其他人進去過。」

「啊。」

塔里曼一看見狼人咂舌的模樣，心裡便湧起了不祥的預感。果然，沒多久對方就說：「聽起來好像沒什麼問題，至少目前我想不出任何可行的方案。」

「所以可能真的是我們副組長弄錯嘍？」

「大概是吧。你不是說你們組長做事都很隨便嗎？說不定是他當初不小心寫錯了，結果因為懶得改，就直接補幾筆上去。後來你們副組長自己私下重抄時也跟著記錯，複查的時候發現數字不一樣，又看到上面有修改過的痕跡，所以就把它當作是別人弄的了。」

「副組長說他一開始和組長討論的時候，組長也是這麼說的。可是副組長堅持說他當初抄的時候數字不一樣，所以才會想找我們來證明。」

塔里曼有些失望，早知道繞這麼一大圈還是得出同樣的結論，當初就應該聽貝利的，不要再對這件事情繼續深究。

「咦，機場裡面怎麼會有貓啊？來來，過來過來。」

塔里曼轉過頭去，看見狼人蹲下身子，對著不遠處的一隻白貓招手。那隻貓聽到克也的呼喚，立刻乖巧地朝他們的方向走過來。

「嗯？牠身上穿的這是什麼東西？」

當克也皺眉看著白貓身上的背心時，塔里曼已經率先開口：「你怎麼也跑出來了？」

「來找你啊。你離開這麼久不見人影，我只好出來看看是怎麼回事了。」

白貓先是抬頭瞪了塔里曼一眼，接著轉身看向早已目瞪口呆的狼人。

「你想摸我是不是？沒問題，給你摸吧。」

「啊……不、不用了。」

克也此時發現自己的手還停在半空中，於是趕緊把手縮回去。

「沒關係，你不用客氣。我馬上就要回去工作了，你現在不摸，等一下就沒機會了。」

克也看看犬獸人又看看白貓，然後遲疑地點點頭。

「好吧，那我就摸了。」

克也重新伸出手，輕輕撫摸對方背部的白毛。

白貓安靜地讓狼人摸了幾下，隨即轉過身對塔里曼說：「你看，都是因為你偷跑出來也不約一下，害我差點就沒機會賣萌了。」

「你哪有什麼萌可以賣？切一切賣幾兩肉還差不多。」

塔里曼哼著氣笑道。

「好啦，下班飛機快到了，你趕快回來吧。」

白貓邊說邊朝飛機的時刻表看了一眼。

「不好意思，我要先回去做事，下次有機會再讓你摸吧。」

「哦，好。」

克也把手從白貓身上抬起來，一直等到白貓走進候機室的門之後，他才忍不住嘆著氣說：「想不到世界上還有會說話的貓啊，你前面怎麼沒告訴我說，你們機場裡有這種世界奇觀呢？」

「你在說什麼？牠就是貝利啊。」

塔里曼一臉詫異地看著他。

「什麼？」

克也突然表現出一副喘不過氣的模樣。

「等一下，貝利不是貓獸人嗎？」

「不是，牠是貓，只是會說人話。」

犬獸人搖搖頭答道。

「會說人話……」

克也抓抓自己的額頭，接著露出恍然大悟的表情說：「喔，所以你之前說貝利的語言能力跟你剛好相反，是指『你是人，但會說動物語；而牠是貓，卻能通人話』？」

「對啊，不然你以為是什麼意思？」

「這麼說來，貝利的那位『養父』，其實是指『飼主』嘍？」

「現在很少人這麼說了吧，不是都自稱是『爸爸』和『媽媽』的嗎？因為他並不是貝利真正的父親，所以我說他是養父沒錯啊。」

「可是櫃子的轉盤應該比貝利高得多吧？他是怎麼上去聞氣味的？」

「當然是由組長把牠抱起來啊，不然你以為我們換位置的時候，組長為什麼要跟著移動？」

克也呆立在原地，彷彿聽到了什麼驚人之語。過了好一會兒後，他才從驚訝中逐漸恢復過來。

「天啊，居然被你用敘述性詭計給騙到了，實在是……」

克也開始發出不明所以的苦笑，但看起來又像是在自嘲。

「敘述性詭計是什麼東西？」

塔里曼好奇地問。

「就是在說明事情的時候，使用曖昧或是變更結構的描述方式，讓聽的人產生誤解的一種敘事手法。」

克也晃了晃尾巴，像是想起什麼似地問犬獸人：「對了，你們那個房間的門把長什麼樣子？

是不是把手型的？」

「對，有什麼問題嗎？」

「沒有，只是忽然想到前面忘了問。」

克也舉起手錶看了一眼，接著瞪大眼睛說：「唉呦，已經這麼晚了，你趕快回去上班吧，我也要回家去休息了。」

「好，有空的時候我們再聊。」

塔里曼舉起手向他道別，面帶微笑地看著克也提起行李離去。

7

克也離開沒多久，塔里曼就聽見口袋裡的手機發出收到簡訊的通知。由於他正在進行下一波的安檢工作，因此他一直等到這批旅客全都通過檢查之後，才退到一旁，把手機掏出來查看。

他一打開收件匣，立刻發現這封簡訊是克也傳過來的，內容則令他的眼睛瞪得老大：

哈囉，是我啦。雖然我原先告訴你這整件事情是個誤解，不過後來我才突然發覺，這的確是件竊案沒錯——如果我的推論正確的話。

基於某些原因，我不想把推測直接說出來。可是我已經答應你要幫忙，完全不講又有點說不過去，所以我決定給你一些提示。要是你想不透，或是沒有發現證據的話，就請你把這封信給忘了，當作什麼事也沒發生吧。

首先，你趕快去檢查房間內的門把。如果小偷用的方法和我想的一樣，那麼十之八九能在上面找出決定性證據。我不知道這個證據還能留多久，不過，如果你今天沒有發現它，以後大概也不會再找到了。

再來就是，其實你已經掌握到所有解開謎題的關鍵了。不用把這件事情想得太複雜，也不要去考慮根本不存在的東西，只要把你知道的線索加在一起，答案就顯而易見了。

最後我想提醒你，當你想到「不可能」這三個字的時候，先試著換個角度去進行思考，不要用個人的角度來看事情，這樣你就會發現，那個「不可能」完全是「可能」的。

簡訊的內容到這裡就結束了，沒有其他的備註或是附加說明。塔里曼對這些內容完全摸不著頭緒，忍不住開始抱怨起來。

「這算哪門子的提示啊？裡面根本什麼也沒寫，太沒誠意了吧。」

不過這封信裡還是給出了一條明確的指示，所以塔里曼決定先照對方的指示去進行檢查，然後再來看下一步該怎麼辦。

由於現在已經是塔里曼的下班時間，因此他再度和每隻狗狗進行交談，確定牠們沒有任何需求，然後就四處找尋副組長，看能不能跟他借鑰匙進去，順便準備下班。

「貝利，你有看到副組長嗎？」

塔里曼遍尋不著格瑞斯的身影，於是對同樣要下班的白貓問道。

「我想他應該在辦公室吧，你要幹嘛？」

貝利露出疑惑的表情看著他。

「沒什麼，只是有點事情想去確定一下。」

塔里曼沒有多做解釋，轉身就往辦公室的方向走去。

格瑞斯雖然答應了塔里曼的要求，不過因為鑰匙管控的緣故，所以他先親自拿卡片把門打開，然後再讓塔里曼單獨進去尋找證據。

（門把上面是吧。）

關上門之後，塔里曼立刻低頭查看門把，卻什麼東西也沒發現。緊接著，他想到所謂的證據也許是指氣味，因此彎下腰深深吸了一口氣。

「嗯？」

塔里曼再次吸氣，重新確認鼻子捕捉到的那絲細微的氣息，接著就像被閃電擊中一般，楞在原地說不出話來。

「怎、怎麼會……不可能，他根本就……」

這一瞬間，塔里曼明白這個房間裡發生的事情了。「不可能」這句話有如某種神祕咒語，頃刻便將他腦中的線索完全串連起來。

犬獸人搖搖晃晃地退後幾步，想試著用其他方式來進行解釋，可是他不管再怎麼努力思索，得出來的答案都只有一個而已。

「你在這裡做什麼？」

塔里曼被突如其來的說話聲嚇了一跳，他急忙轉身，看見窗外有雙冰冷的眼睛正直盯著他。

塔里曼想說些什麼，卻一個字也講不出來，只能抿著嘴看著對方。

「看來你發現了，是嗎？」

對方深深嘆了一口氣，接著很不高興地對犬獸人說：「我早就跟你說過，叫你不要多管閒事，你就是不肯聽。既然你都跑進來調查門把，大概也已經知道是怎麼回事了吧？」

「是啊，我全都知道了。」

塔里曼此時終於恢復說話能力，聲音顫抖地向對方說道：「對你來說，要進入這個房間從來都不成任何問題。因為鐵窗的間隙足足有二十公分，雖然可以妨礙人的進出，卻沒辦法阻止一隻貓啊！」

聽了這話，貝利沉默地點點頭，然後用力推開窗戶，身手輕巧地從窗戶外面跳進屋內。

「就算我能進來，也不可能拿走任何東西吧。別忘了，我這德行連轉盤都沒辦法動呢。」

貝利抬頭注視著塔里曼。

「你當然不可能拿，不過那無所謂，因為你的工作只是負責開門而已，然後守在門外的組長就可以輕鬆地進來把東西拿走。」

塔里曼講到這裡的時候稍微停了一下，喘口氣平復自己的情緒，然後又接下去繼續說明。

「我們一直想著竊賊是用什麼方式消除氣味、又用什麼方式修改字跡，但這些問題其實打從一開始就不存在。既然櫃子和登記本都沒有別人的氣味，最簡單的解釋就是它們根本沒有被組長以外的人摸過，換句話說，組長就是小偷。

字跡的部分也是同理可證，同一個人寫出來的東西，當然不會有筆跡不同的問題。而那些數字也是因為他登記時故意寫偏，所以才能修改得那麼完美。就算中途被副組長發現，也只要假裝是字寫太醜就可以矇混過關。

但是組長根本進不來這個房間，而這些事情也不是一隻貓能做到的，由於你們不可能單獨犯下偷竊行為，因此我和副組長才沒考慮過這種可能性。不過只要把眼光放寬一點，想到竊賊如果不是個人而是團體的話，原本的不可能就變成可能了。

當然，門把的構造也幫了你不少忙。因為這裡裝的是把手，所以你只要跳起來拉一下就能輕鬆開門——如果是圓形的喇叭鎖，那你大概就打不開了。等到組長進來後，你再從窗戶出去，由他從裡面把窗戶關好，就沒人知道小偷的入侵途徑了，這就是整件事情的經過。」

「你只有一項證據可以證明這個推理沒錯，就是我留在把手上的氣味。而竊案是發生在前天，今天已經是第三天，所以你才想趕在氣味全部消失以前進來查看，是不是？」

貝利瞇著眼睛問道。

塔里曼遲疑了一下，決定隱瞞別人給他建議的真相。因為副組長已經說過不准露出半點口風，他卻私底下向外求援，這樣肯定會挨罵。

「沒錯，而且之前因為沒人發覺東西失竊，所以你也沒想過氣味的問題。雖然我不知道你會怎麼做，不過副組長既然提到了這個部分，以後你就不可能會留下這種證據。總之，今天是確定小偷是誰的最後機會。」

整個房間頓時沉默下來，塔里曼和貝利無言地互相凝視對方，以往的輕浮和饒舌通通不見了，只剩下一股凝重的氣息圍繞在他們四周。

最後，貝利像是放棄掙扎似的喃喃說：「真不知道你為什麼會突然發現。好吧，既然你都已經知道了，那接下來想怎麼樣，向副組長告發我嗎？」

「什麼怎麼樣？那是我要問你的吧！你為什麼要做這種事情？」

一股怒氣瞬間湧上心頭，讓塔里曼連尾巴都豎了起來。

「就跟你還得做額外的工作一樣啊，我的任務就是在組長需要的時候，潛進來把門打開，這就是他當初錄用我的交換條件。」

貝利的語氣有些無奈。

「這……這太扯了，難道你不知道他是想叫你幫他偷東西嗎？」

「知道，可是我又能怎麼辦？」

「你可以拒絕啊，大不了再去找別的工作。」

「說得倒簡單，你以為貓能做的工作有很多嗎？就算是會講話的貓，得到的待遇也沒比普通貓好多少，更何況，誰想僱一個沒辦法做事的員工？我連找錢給客人都辦不到！」

貝利生氣的大吼著，淚水逐漸聚集在渾圓的貓眼裡。雖然塔里曼從沒問過貝利在養父死後是如何獨自過活的，但只要看到貝利現在的反應，就不難想像牠之前曾遭遇過多少挫折。

塔里曼知道貝利肯定是真的無計可施才願意妥協，於是他吞了口口水，語氣平靜地對貝利說：「你不要再做這種事情了，去叫組長收手吧。如果你真的被趕出去，又找不到其他工作的話，就由我來養你吧。」

貝利用驚奇的眼神注視著塔里曼，接著，輕輕點了點頭。

突然，有人在門上敲了幾下，隨後房門也跟著被打開。塔里曼和貝利還來不及做出任何反應，就看到副組長已經出現在門口。

「抱歉，我想知道你到底要找什麼東西，所以一直在聽裡面的動靜。」

格瑞斯露出略帶歉意的表情，將視線從犬獸人的臉移到白貓身上。

「你們說的我都聽到了，這件事情我來負責處理吧。我認識幾個在司法部門工作的朋友，也許能和他們商量一下。」

「副組長，失竊的事情現在還沒人知道，而且貝利也答應不會再做了，難道我們不能假裝沒事嗎？」

塔里曼擔憂地問。

「不行，要是我知道了還把事情給壓下來，那就變成是我失職了。而且就算貝利不做，以後組長還是有可能會去逼其他人做啊。」

格瑞斯輕嘆一口氣答道。

「沒關係，我早就知道這一天遲早會來。只是你別忘記剛才答應我的，以後要拜託你多照顧了。」

說完，貝利對塔里曼露出微笑。

「來吧，我跟你去找組長，先看看他有什麼反應再說。」

虎獸人朝貝利招了招手，帶著白貓一起離開房間。

8

很快的，距離那一天已經一個星期了。

由於格瑞斯安排得宜，因此組長監守自盜的事情並沒有上新聞。雖然貝利與杜爾本的離開確實引起不少注意，但是因為沒人知道機場裡發生過案件，所以在其他同事的認知裡，他們只是單純的辭職而已。

塔里曼回寄了一封簡訊，感謝克也給他的協助。原本他想直接打電話跟對方聯絡，卻想不出該怎麼說才能避免尷尬，所以還是決定傳簡訊就好。

「唉。」

塔里曼靠在牆邊的老位置上，暗自想著貝利現在不知道怎麼樣了。而他也領悟到克也當初之所以不想直接把推測說出來，就是因為克也發現他們兩個的關係很好，為了避免今天這種難堪的情況，他才改用折衷的方式來透露真相，甚至還說出「想不透就忘了」這種話。

「欸，你在想什麼事情想得這麼專心？」

「沒什麼，我只是在想……咦？」

塔里曼朝腳邊瞄了一眼，突然覺得有些不對，於是重新低頭再看一次，結果發現一隻白貓正用好奇的眼神抬頭盯著他。

「貝利！你怎麼會……」

「嘿嘿。」

貝利一看見塔里曼吃驚的表情，立刻調皮地吐吐舌頭，然後說：「唉呀，都怪我平常和你們互動得太頻繁，結果忘記一件最根本的事情了。

檢察官說法律不是用來約束動物的，他也不能起訴一隻貓，因此我這次不會被處罰。不過他也警告我說動物雖然不受刑法管轄，但政府一樣可以對危害大眾的生物進行補捉，所以要是再有下次，他會把我關進籠子裡來代替坐牢。」

「那……你沒事了？」

塔里曼露出開心的笑容問。

「沒事了。」

塔里曼抬起頭，看到格瑞斯不知何時已經站在他們面前。

「不過，檢察官說貝利必須要有個飼主當保證人。所以我們就把你的名字交出去了，你應該不會反對吧？」

「啊？我？」

塔里曼用手指著自己。

「當然是你，你不是已經答應過要養我的嗎，那就是我的飼主了。」

貝利一邊理所當然地說道，一邊用身體輕輕摩擦犬獸人的腿。

「你還真會占我便宜，我那時候明明是說……啊，算了。」

塔里曼聳聳肩，將貝利一把抱進懷裡。

「好啦，貝利你先去向大家打聲招呼，然後就直接回檢疫組上班吧，我會幫你取消離職申請的。下一班飛機快來了，大家趕快回去待命。」

說完，格瑞斯轉身走向自己的辦公室。

「是。」

塔里曼和貝利齊聲回答後，立刻趕回各自的崗位，準備開始今天的工作。

THE END

要推理85　PG2537

要有光
FIAT LUX

緝毒犬與檢疫貓
獸人推理系列

作　　者　沙承橦．克狼
責任編輯　喬齊安
圖文排版　黃莉珊
封面設計　蔡瑋筠

出版策劃　要有光
發 行 人　宋政坤
法律顧問　毛國樑　律師
印製發行　秀威資訊科技股份有限公司
114台北市內湖區瑞光路76巷65號1樓
電話：+886-2-2796-3638　傳真：+886-2-2796-1377
http://www.showwe.com.tw
劃撥帳號　19563868　戶名：秀威資訊科技股份有限公司
讀者服務信箱：service@showwe.com.tw
展售門市　國家書店（松江門市）
104台北市中山區松江路209號1樓
電話：+886-2-2518-0207　傳真：+886-2-2518-0778
網路訂購　秀威網路書店：https://store.showwe.tw
國家網路書店：https://www.govbooks.com.tw
總 經 銷　聯合發行股份有限公司
231新北市新店區寶橋路235巷6弄6號4F
電話：+886-2-2917-8022　傳真：+886-2-2915-6275

出版日期　2021年4月　BOD一版
定　　價　270元

Printed in Taiwan

國家圖書館出版品預行編目

緝毒犬與檢疫貓：獸人推理系列 / 沙承橦.克狼
著. -- 一版. --臺北市：要有光, 2021.04
面； 公分. -- (要推理；85)
BOD版
ISBN 978-986-6992-68-1(平裝)

863.57 110003424

讀者回函卡

感謝您購買本書，為提升服務品質，請填妥以下資料，將讀者回函卡直接寄回或傳真本公司，收到您的寶貴意見後，我們會收藏記錄及檢討，謝謝！如您需要了解本公司最新出版書目、購書優惠或企劃活動，歡迎您上網查詢或下載相關資料：http:// www.showwe.com.tw

您購買的書名：________________________________

出生日期：________年________月________日

學歷：□高中（含）以下　□大專　□研究所（含）以上

職業：□製造業　□金融業　□資訊業　□軍警　□傳播業　□自由業

□服務業　□公務員　□教職　□學生　□家管　□其它_____

購書地點：□網路書店　□實體書店　□書展　□郵購　□贈閱　□其他

您從何得知本書的消息？

□網路書店　□實體書店　□網路搜尋　□電子報　□書訊　□雜誌

□傳播媒體　□親友推薦　□網站推薦　□部落格　□其他__________

您對本書的評價：（請填代號　1.非常滿意　2.滿意　3.尚可　4.再改進）

封面設計____　版面編排____　內容____　文／譯筆____　價格____

讀完書後您覺得：

□很有收穫　□有收穫　□收穫不多　□沒收穫

對我們的建議：________________________________

____

____

____

請貼
郵票

11466
台北市內湖區瑞光路 76 巷 65 號 1 樓

秀威資訊科技股份有限公司 收

BOD 數位出版事業部

....

（請沿線對折寄回，謝謝！）

姓　　名：＿＿＿＿＿＿＿＿　年齡：＿＿＿＿　性別：□女　□男

郵遞區號：□□□□□

地　　址：＿＿＿＿＿＿＿＿＿＿＿＿＿＿＿＿＿＿＿＿＿

聯絡電話：（日）＿＿＿＿＿＿＿＿＿＿（夜）＿＿＿＿＿＿＿＿＿＿

E-mail：＿＿＿＿＿＿＿＿＿＿＿＿＿＿＿＿＿＿＿＿＿